泉州文庫

選堂題

（宋）温革　（宋）徐璣　著　林瑞峰
（宋）胡仲弓　（宋）胡仲參　　　黄河　點校
　　　　　　　　　　　　　　　閻海文

分門瑣碎録　二薇亭集
葦航漫遊稿　竹莊小稿

泉州文庫整理出版委員會
商務印書館

前　言

泉州建制一千三百多年，爲中國歷史文化名城和古代海外交通的重要港口。“比屋弦誦，人文爲閩最”，素稱海濱鄒魯、文獻之邦。代有經邦緯國、出類拔萃之才，歐陽詹、曾公亮、蘇頌、蔡清、王慎中、俞大猷、李贄、鄭成功、李光地等一大批傑出人物留下了大量具有歷史、文學、藝術、哲學、軍事、經濟價值的文化遺産。據不完全統計，見載於史籍的著作家有一千四百二十六人，著作多達三千七百三十九種，其中唐五代二十九人三十二種，宋代二百人三百九十一種，元代二十一人四十種，明代五百三十六人一千五百八十五種，清代六百四十人一千六百九十一種；收入《四庫全書》一百一十五家一百六十四種，《四庫全書存目叢書》五十六家七十四種，《續修四庫全書》十四家十七種。二〇〇八年國務院頒布第一批國家珍貴古籍名録，屬泉人著述、出版者十三種。

遺憾的是，雖然泉州典籍贍富，每一時代都有一批重要著作相繼問世，但歷經歲月淘汰、劫難摧殘，加上庋藏環境不良，遺存至今十無二三，多成珍籍孤本。這些文化遺産，是歷史的見證，是泉州人民同時也是中華民族的寶貴文化財富，亟待搶救保護，古爲今用。

對泉州地方文獻的搜集與整理，最早有南宋嘉定年間的《清源文集》十卷，明萬曆二十五年《清源文獻》十八卷繼出，入清則有《清源文獻纂續合編》三十六卷問世。這些文獻彙編，或已佚失，或存本極少。二十世紀四十年代，泉州成立“晋江文獻整理委員會”，準備整理出版歷代泉人著作，因經費短缺未果。八十年代，地方文史界發起研究“泉州學”，再次計劃編輯地方文獻叢書，可惜後來也因爲各種條件的限制，其事遂寢。但是這兩次努力，爲地方文獻叢書的整理出版做了準備，留下了珍貴的文獻資料和書目彙編。

二〇〇五年三月，中共泉州市委、泉州市政府決定將地方文獻叢書出版工作列爲國民經濟和社會發展第十一個五年規劃的一項文化工程。翌年,正式成立"泉州地方典籍《泉州文庫》整理出版委員會",着手對分散庋藏於全國各大圖書館及民間的古籍進行調查搜集,整理出《泉州文庫備考書目》二百六十七家六百一十四種,以後又陸續檢索出遺漏書目近百家一百八十餘種。經過省内外專家學者多次論證,最後篩選出一百五十部二百五十餘種著作,組成一套有一定規模、自成體系、比較完整,可以概括泉人著作風貌、反映泉州千餘年文化發展脉絡的地方文獻叢書,取名《泉州文庫》,二〇一一年起陸續出版發行。

整理出版《泉州文庫》的宗旨是:遵循國家的文化方針政策,保護和利用珍貴文獻典籍,以期繼承發揚中華民族優秀文化傳統,增進民族團結,維護國家統一,提高民族自信心和凝聚力,加强社會主義核心價值體系建設,增强文化軟實力,爲泉州的物質文明和精神文明建設服務。

《泉州文庫》始唐迄清,原著點校,收録標準着眼於學術性、科學性、文學性、地域性、原創性、權威性,具有全國重要影響和著名歷史人物的代表作優先。所録著作涵蓋泉州各縣(市、區),包括金門縣及歷史上泉州府屬同安縣,曾在泉州任職、寄寓、活動過的非泉籍人氏的作品,則取其内容與泉州密切相關的專門著作。文庫採用繁體字横排印刷,内容涉及政治、經濟、歷史、地理、哲學、宗教、軍事、語言文字、文化教育、文學藝術、科學技術等領域,其中不乏孤稀珍罕舊槧秘笈,堪稱温陵文獻之幟志。

值此《泉州文庫》出版之際,謹向各支持單位、個人和參加點校的專家學者表示誠摯的感謝!由於涉及的學科和内容至爲廣泛,工作底本每有蛀蝕脱漏,加之書成衆手,雖經反復校勘,但限於水平,不足或錯誤之處還是難免,敬請讀者批評指教。

泉州地方典籍《泉州文庫》整理出版委員會

二〇一一年三月

整理凡例

一、《泉州文庫》(以下簡稱“文庫”)收録對象爲有關泉州的專門著作和泉州籍人士(包括長期寓居泉州的著名人物)著作,地域範圍爲泉州一府七縣,即晋江(包括現在的晋江市、石獅市、鯉城區、豐澤區、洛江區)、南安、惠安(包括泉港區)、同安(包括金門縣)、安溪、永春、德化。成書下限爲一九四九年九月以前(個别選題酌情下延)。選題内容以文學藝術、歷史、地理、哲學、政治、軍事、科技、語言教育等文化典籍爲主,以發掘珍本、孤本爲重點,有全國性影響、學術價值高、富有原創性著作優先,兼及零散資料匯總。

二、每種著作盡量收集不同版本進行比較,選擇其中年代較早、内容完整、校刻最精的版本爲工作底本,并與有關史籍、筆記、文集、叢書參校,文字擇善而從。

三、尊重原著,作者原有注釋與説明文字概予保留。後來增加者,則視其價值取捨。

四、凡底本訛誤衍漏,增字以[　]表示,正字以(　)表示,難辨或無法補正的缺脱文字以□表示,明顯錯字徑直改正,均不作校記。

五、凡底本與其他版本文字差異,各有所長,取捨兩難,或原文脱訛嚴重致點讀困難,或史實明顯錯誤者,正文仍從底本,而於篇末校勘記中説明。

六、凡人名、地名、官名脱誤者,均予改正,訛誤而又查不到出處之人名、地名、官名及少數民族部落名同異譯者,依原文不予改動。

七、少數民族名稱凡帶有侮辱性的字樣,除舊史中習見的泛稱以外,均加引號以示區别,并於校記中説明。

八、標點符號執行一九九六年實施的國家《標點符號用法》。文庫點校循新版二十四史及《清史稿》例,一般不使用破折號和省略號。

九、原文不分段者,按文意自然分段。

十、凡異體字、俗體字、通假字,如非人名、地名,改動又無關文旨者,一般改爲通用字;異體字已經約定俗成、容易辨認者不改。個别著作爲保持原本文字語言風貌,其通假字則不校改。

十一、避諱字、缺筆字盡量改正。早期因避諱所産生的詞彙成爲習慣者不改正。

十二、古籍行文中涉及國家、朝廷、皇帝、上司、宗族等所用抬頭格式均予取消。

十三、文庫一般一册收録一種著作,篇幅小的著作由兩種或若干種組成一册,篇幅大的著作則分成兩册或若干册。

十四、文庫採用横排、繁體字印刷出版。每册前置前言、凡例。每種著作仿《四庫全書》提要之例,由編者撰寫《校點後記》,簡略介紹作者生平、著作内容及評價、版本情况,説明其他需要説明的問題。

泉州地方典籍《泉州文庫》整理出版委員會辦公室

二〇〇七年二月五日

目　録

分門瑣碎録

目　録

分門瑣碎録

農　桑

穀麥耕種總説

《淮南子》曰：耕之爲事也勞，織之爲事也擾。勞、擾之事，而民不舍者，知其可以衣食也。

不能耕而欲黍粱，不能織而喜縫裳，無是理也。深耕勤種，猶有天災，惰農自安，何以爲生？

古語云：力能勝貧，謹能勝禍。蓋勤力可以不貧，謹身可以避禍。

春以力耕，夏以强耕。

正月、二月，耕地一工當五工。又云：初耕欲深，轉地欲淺。

相地，高處宜粟，平田宜粳米，最下者宜糯。《陰陽書》曰：亥爲天倉，耕地始。肥田法：緑豆爲上，小豆、胡麻次之，皆以五月及六月種之，七月、八月耕穀，則一畝收[十石]。

踏糞法：凡人家秋收治田後，場上所有穰殼、積稈等，並須收貯一處，每日布牛腳下三寸厚，每平旦收聚堆積之，日日如此，至冬一牛可得三十車糞，可糞三十[畝]田。

五 穀 總 論

凡種五穀，以生、長、壯日種者多實，老、惡、死日種者收薄，以忌日種者敗傷，又用成、收、滿、平、定日爲佳。小豆忌卯，稻、麻忌辰，禾忌丙，黍忌丑，秫忌寅未，小麥忌戌，大麥忌子，大豆忌申。凡穀不[避]忌日種之，多傷敗。

種諸豆與油麻等，若不及時去草，必爲草所蠹耗，雖結實亦不多。俗諺云：麻耘地，豆耘草。麻須初生時耘，豆雖花開而可耘。

種緑豆，地宜瘦不宜肥。

黍、稷、稻、粱、禾、麻、菽、麥，謂之八穀。

穀

《氾勝[之]書》曰：木(禾)生於寅，壯於[丁]、午，長於申(丙)，老於戊，死於申，惡於壬、癸，忌於丙子(乙丑)。

禾稼如耘之時，辰日雨生蟲，未日雨殺蟲。

五月二十日分龍，農家於是日早，以米篩盛灰，藉之以紙，至晚視之，若有雨點跡，則秋下熟穀價高，人多閉糴。

老農言：稻苗，立秋前一株每夜溉水三合，立秋後至一斗二升，所以尤最畏秋早旱。

早禾怕北風，晚禾怕南風。

早禾曰當防闕水之患，春天宜留心開水，每池取其深，過旱則泄以蔭田。一種田作池，蓄水深一丈，可蔭二十畝田。

黄粱米，一名竹根黄。

穀田必須歲易。二月三月種者爲植禾，四月五月種者爲稚禾。二月上旬及麻菩音位。楊生，種者爲上時，三月上旬及清明節桃始花爲中時，四月上旬及棗葉生桑花落爲下時。

種穀，上旬種者全收，中旬中收，下旬下收。

種穀，三月種每畝用子斗一，四月種每畝一斗二升。農人以雪水浸穀，種之倍收，仍不生蟲。

老農言：地久耕則耗。三十年前，禾一穗若干粒，今減十分之三。

粱穀，米大香滑，而種者少問。莊家云：收少而損地力。

浙人田，過冬月有水在田，至春則大熟。俗諺謂之有過冬水。廣人謂之寒水，楚人謂之泉田。

北人説：山東多蟹，田家特苦之，預於田間多鑿坎，聚土其側，四面追逐，入坎即瘗之，常以是無年。

牛，十一月、十二月間不可使耕田，蓋天寒冷，牛骨跨皆破，此大損牛也。

馬糞燃乾以壅田，則肥而穀盛。

稅米新熟者動氣輕，在年者不發病，江南人多收火稻。

凡米，囤上須用一尺厚攏糠蓋之，頻頻取出曬乾易之，米者則不壞也。至米而篙羅囤中，皆以牛糞塗之，鼠不齧也。

三川饑，有青衣童子曰：世人厭棄五穀，地司已收其神矣，可相率祈謝穀父蠶母，當致農穰。

楚人好食雕胡，饑歲人多採，取菰之有米者。

麥

麥芒，穀者金也，金王而生，火王而死，以來有穗者從久，故謂之麥。

大小麥，生於亥，壯於卯，長於辰，老於巳，死於午，惡於戊，忌於子、丑。麥屬陽，故宜乾原；稻屬陰，故宜水澤。

小麥不過冬，大麥不過年。

麥最宜雪。諺云：冬無雪，麥不結。

臘日種麥及豆，來年必熟。

麥苗盛時，須使人縱牧其間，蹤踐令稍實，則其收倍多。

浙間有來麥熟早，形在大小麥之間，民間亦食之。

避蝗蟲法：以原蠶屎雜禾種之。

種　麥　法

《氾勝之書》曰：凡田有六道，麥爲首種，種麥得時無不善。夏至後七十日可種宿麥，早種則蟲而有節，晚種則小而少實。

種麥，土欲細，溝欲深，紀欲輕，撒欲勻。

種麥，若天旱無雨澤，則薄漬麥種，以酢漿並蠶沙，夜半漬，向晨速投之，令與白露俱下。酢漿令麥耐旱，蠶沙令麥耐寒。

種大麥，八月終戊社前爲上時，每畝用子二升半；下（戊）前爲中時，每畝用子三升；下旬九月初爲下時，一畝子三升半。

種小麥，八月上戊前爲上時，每畝用子一升半；中戊前爲中時，每畝二升；下戊爲下時，每畝二升半。此月初相争十日，而用種相違如此，力田者可不務及時耶？

麥最宜江旱烏沙之場，熟耕如粉，然後種之，必盛。黄土地及高山之巔，卻培壅則佳。

刈麥時，必須於烈日中收，仍曝其穗極乾，方可堆積；不然，一兩日蒸潤，盡化爲蛾。

曬麥之法，宜六月烈日中曝之，乘熱而收，仍用水蓼剉碎雜乎其間，則免乎蛾化。

蕎麥地，五月耕，更二十五日，草爛轉耕三遍，立秋前後皆十日種之。

麻　豆

麻

凡种麻，地须耕五六遍，倍蓋之。以夏至前十日不（下）子，亦過（鋤）两遍。［仍］須用心細意抽投令（拔全）稠闊，細弱不留（堪）留者，［即去却］。

穫豆之法：莢黑而莖蒼，取收無疑，其實將落及失之，故曰豆熟。於場穫豆，即青莢在上，黑莢在下。

桑

戴勝降於桑，值金日，桑葉必賤。

先椹而後葉者，葉必少。

桑葉生黄衣而皺者，號日金桑，非特蠶不食，而木亦將就槁矣。

常以三月三日雨卜桑葉之貴賤。諺曰：雨打石頭遍，桑葉三錢片。或曰四日尤甚。杭人曰：三日上可，四日殺我。言四日雨尤貴。

千日不得鋤桑園。

雞腳桑，葉華而薄，得繭薄而絲少。

白桑，葉大如掌而厚，得繭厚而堅，絲每倍常。

葉濕者，不可飼蠶。雨中採至，必拭令乾，恐有傷也。

種　桑　法

穀樹上接桑，其桑肥大；桑上接梨，脆美而甘。撒子種桑，不若壓條而分根莖。

種桑，其桑椹熟時收。黑椹以水淘取子，生燥作畦種，明年正月移而栽之，率五尺一根，其下常斸掘種緑豆、小豆。栽後二年，椹勿操葉，幹大如臂許。正月中移之，率十步一株，仍以燥土壅之。

淅門植桑，斬其桑而栽之，謂之嫁桑。卻以螺殼覆其項，恐梅雨所浸，損其皮也，二年即盛。

柘

柘樹，多發生，乾疏而直，葉豐而厚，春蠶食之，其絲以冷水繰之，謂之冷水絲。

柘葉，隔年不採，春再生則毒蠶。如採不盡，夏月皆要打落，方可無毒也。

養　蠶　法

養蠶法：收取種繭，必取居簇中者，近上則絲薄，近下則子不生。

《雜五行書》曰：欲知蠶善惡，常三月三日，天陰而無日，不雨，蠶大喜。

繭腰小者雄蛾，大者雌蛾；雞、鵝、鴨、卵圓者雄，尖者雌。育蠶之具，與人謂之發,造人謂之薄。

有人蠶,必以人育於室,冷蠶則育於密室中。

有柘蠶,食柘而早繭。

育蠶而開食者,以甘草水灑於桑葉,次米粉摻之,候乾令食,謂之齋蠶,可以度一日夜,唯懼人驚,成繭必厚而堅。

年夜,農家以火照曠野間,謂之照田蠶。

種　藝

竹

種　竹　法

欲移竹,先掘坑令寬,下水調細土,作泥如稀,煎餅泥;即掘竹,須四面鑿斷大作土科,連根以繩繞下科舁之,勿令動;看竹動,則損根,多不活。掘幹舁入泥坑中,令泥周匝填滿,如泥少更添土,著水以物匀攪令實。其竹根入坑,不得埋過本根。

又法:取截去苗,只留三兩節,乃緩緩尋根取之,連數十竹作一條,握取勿令斷其根,唯長爲善,令人力可勝,然後須用一二十人,魚貫舁之。先握一講(溝),可容此竹,乃倒覆竹頭入地埋之,令稍實。所以倒種者,竹苗無所出,其力盡入鞭節中,又無竹水灌損根也。

種竹,以五月二十日爲上,是日過雨則尤佳。或月不必五月,但每月二十日皆可。又一說:正月一日、二月二日、三月三日,皆可種竹,無不活者。四月以後,准此。

種竹之法,用舊芽夾土,則竹根尋地脈而生。

《志林》云:竹有雌雄者多筍,故種竹常擇雌者。物不能違於陰陽,可不信哉!凡欲識雌雄,當自根上第一根觀之,有雙枝者爲雌,即出筍;若獨枝者,是雄竹耳。

種竹法：擇大竹就根上去土三四寸許截斷之，去其上不用，只以竹根截處，打通節，實以硫黄，本顛倒種之。第一年生小竹，隨即去之，次年亦去之，至第三年生竹，其大如所種者。

《月庵種竹法》：種竹須三四莖作一叢，叢者淺栽爲佳，上面多用河泥蓋之，斫去竹梢裝架。地黄廣宜種篠竹，亭檻之間宜種節竹。至次年八月後，方可去篠竹。

種竹處，當積土令稍高於旁地二三尺，則雨潦時不浸損。錢塘人謂之竹腳。

禁中，種竹一二年間，無不茂盛。園子云：初無他術，只有八字：疏種、密種、淺種、深種。若疏種，謂三四尺地方，種一窠，欲其上虚行鞭；密種，謂種得雖疏，每窠卻種四五竿，欲其根密；淺種，謂種時入土不甚深；深種，謂種得雖淺，卻用河泥壅培令深。

宋子京《種竹詩》："除地牆陰植翠筠，疏枝茂葉與時新。賴逢醉日元無損，政以得全於酒人。"種植家云：五月十三日號行醉日，是日栽之無不茂盛。又云：用辰日良，山人所謂根須辰日。

劚筍，看上審成。又云：用臘日之法大謬。見《石林避暑録話》。

種竹法：闊掘溝，用礱糖和泥抱根，然後用浄土傅其上，或鋪少大麥拾其中，令竹根著麥上，以土蓋也，其根易行。

近軒檻植竹，恐竹鞭侵堦砌，先埋麻骨以限之，或以（竹）栽於瓦瓶中，底通小竅，則竹小而不侵階砌也。

竹園留三去四，蓋三年者留，四年者伐去。

秋分後、春分前，方可移竹木。

竹與菊根皆向上長，常添泥覆之爲佳。

種竹，以油麻梗縛成小把，向南埋地中，則根不穿過。

竹　雜　説

竹之滋澤，春發於枝葉，夏藏放於幹，冬歸於根。如冬伐竹，經日一裂，自首至尾，不得全盛。夏伐之最佳，但於林有損爾。盛夏伐竹，則根色皆紅，而鞭皆爛,好竹非盛夏伐之不可,七八月亦可,自此滋澤日退,不中用矣。如竹要不蛀,取五月以前仍用血忌日,但此月斫前,竹不生皆根爛。

竹以三伏内及臘月中斫者,不蛀。

俗傳:竹畏蘆,堆竹以蘆養田,重圍於土下,卻不[穿檻]。

筆竹根,多妨害(坎)砌,堆聚皂刺,堆土以障之,根卻不過;栽油麻箕作小把,埋之亦妙。

間壁盜筍,隔籬必埋狸或貓於牆下,明年筍自迸出;竹有六十年數,便開花。

《岳州風雲記》以五月十三日謂之龍生日,移竹栽宜用此日。或陰雨土虚,則鞭行,明年筍莖交出,即竹醉日是也。

凡種竹,正月二日劚取西南根於東角根種之,其鞭自然行西南,蓋竹性向西南行也。諺云:東家種竹,西家治地。若得死貓埋其下,其竹尤盛。

種竹,若用鋤頭打實泥,則不生筍。打一下一年不生,兩下則兩年不生。

種竹不篠,則林外向陽者,二三年間便有大竹。諺曰:栽竹無時,雨下便移。多留宿土,記取南枝。如要不間年出筍,用本命日,謂正月一、二月二之類是也。

種竹,不拘四時,凡遇雨皆可。若遇火日及有雨風,則不可移,花木亦然。移時須是大其根,盤維以草繩,仍記元向背爲佳。

大率種竹,須向北,蓋根無不向南也。仍須土鬆淺種,不用增土於窠株之上,乃佳。《夢溪忘懷録》之法用尤妙。

冬至前後各半月不可種稍,蓋天地閉塞而成,冬種之必死。

種竹之法,斬去稍仍爲架,扶之使根不摇易活。又云:三兩竿作一本移,蓋其根自相持,則尤易活也。或云:不須斬稍,只作兩重架爲妙。

竹林中有樹,切勿去之。蓋竹爲木枝所礙,雖風雪不復攲倒。

種竹,須將竹母斬去,尺留四五寸,尺長仍斜稍之。

竹有花輒稍死,花結實如稗,謂之竹米,一竿如此,則久之舉林皆然。其治之法:初於米時,擇一竿稍大者,或去近根三尺許,通其節,以糞食之則止。

木

木總説

楓肪入地，化爲琥魄，如千歲積冰，結爲頗黎，鬼血化爲瑪瑙。木蘭枝葉俱疏，其花裹白表紫，或有四季開者，生於深山者尤大，可以爲船。

楊相葉細冬青，臨水生者尤茂。居人過寒食，採其葉染飯色青而有光，食之資陽氣，謂之楊相，道家謂之青精飯。櫟樹多生崗阜之上，大者偃亞，小者聳岐，疏廣而性直，伐爲薪，煅爲炭，其力倍於常木。

冬青樹，枝葉彫瘁，惟以豬糞壅之則茂，一説以粥灌之。

桄榔木如莎及如穣，木皮去過食，木理有文，堪爲握槊局。

黄梔子，候其大，逐時摘青者，曬收至黄熟，則消化爲水。

皂莢，既實如不可攀取，以篾圍其本，束數匝木楔之，一夕自落，如取橄欖法。

皂莢樹不結，鑿大一孔，入生鐵三五斤，以泥封之，當年開花結子。

皂莢樹，雌者一年盛一年弱，於中鑿一窟，入木鱉子一個，當年年生。

皂莢，生黄多不結實者，春社日侵晨用紗木丁釘其樹，先釘一竅，次入木，令一人遠呼曰：生不生！釘樹者答曰：生！其年果盛。

俗云：桐大如斗，主人必走。蓋緣由家種桐木，其幹大則不利主，屢見之驗。

凡種樹，早晚以水沃其下，唧筒唧水其上。

移樹，用穀調泥漿於根下，日沃水無不活者。

插杉枝，用驚蟄前後三日，斬新枝，鋤開坑，入投下沉杵緊，相視天陰即插，折了過雨十分生，無雨即有分數。

草木被羊食者不長。

今移樹者，以小牌記南枝，不若先鑿窟，沃水欖渥方栽，築令實，不可踏，仍多以木扶之，恐風動其顛，則根摇。根摇，雖尺許之木亦不活；根不摇，雖丈

[之]木可活。更芟其上，無使枝葉驚，則不受風。

木自南而北，多苦寒而不生。只爲臘月，去根旁土，取麥穰厚覆之，燃火成灰，深培如故，則不過一二年，皆結實。若歲用此法，則南北不殊，猶人灼艾耳。

凡樹一移，當三年。

貧婆樹，冬花夏子。

種桑，收椹，水淘取子曝乾，熟耕地畦種。

種　木　法

凡栽樹，記其陰陽，不令轉易，大木髡之，小則不髡。深坑内樹以水沃土，令如薄泥，東西南北搖之良久，然後堅築，時時灌溉。埋之欲深，栽訖不得用手捉及六畜觝突。《淮南子》曰：移木，失其陰陽之性，則莫不枯槁。凡移木，須愛護附根，地面土封其根處，此土不動，木即易活。

栽樹，正月爲上時，二月爲中時，三月爲下時。然棗雞口，槐兔目，桑蝦蟆眼，榆負瘤散、白、餘雜木，鼠耳、蝨蛆各其時，凡種栽並種，皆用此等形象者。

正月，自朔暨晦，移諸雜木，無不生者。

凡移樹，不要傷動根鬚，闊掘朵不可去土，恐根傷。諺云：移樹無時，莫教樹知。

種一切樹木，根向南，栽亦向南。

柏松雜木，正月種爲良。

松必用春後社前，帶土栽培百活。舍此時，决無生理。

春分後勿種松，秋分後方可種。不猶松爲然。

種松，大概與竹同，只要根實，不令搖動，自然生也。

栽松時，去松中大根，惟留四旁須根，則無不偃。蓋一年之計種之竹，十年之計種之以米木。

種青桐，九月收子，二月三月作畦，種之畦下水。

種柳，取青嫩枝如臂，長六七尺，燒下二三寸，埋二尺已上。

種柳，無刺毛蟲，於根下先種大蒜一枚，即不生蟲。又云：微刮去根下皮，以甘草末擦之，亦佳。

凡遷楊柳，先於其遷下鑽一竅，用沙木作釘，釘其竅而後栽，則永不生毛蟲。或云：竅内用沙木楔埋之，更用硫黄，可克蛀。

順插爲柳，倒插爲楊。

種水柳，須先用木椿釘穴，方入楊木，庶不損皮，易長。

臘月二十四日種楊柳，不生蝲子。

種槐，槐子熟時，收擘子取數曝乾，勿令蟲生。夏至前十餘日，水浸七日，牙生，如浸麻子。撒之，當年與麻齊，監豎木繩攔之，明年正月移種之，亭亭斸地令熟，還於此種麻，助令速長，二年正月移種之，亭亭條直，千百如一。

接 木 法

接樹，取樹本大如斧柯及臂者，皆堪接，謂之樹砧。砧若稍大，即去地一尺栽之。若去地近栽之，則地方太壯夾殺。所接之木稍小，即去地七八寸栽之。若砧小而高，栽則地氣難應。須以細齒鋸，齒粗即損其砧皮。取快刀子於砧緣相對側劈開，令深一寸，每砧對接兩枝，候俱活，即時葉生，去一枝弱者，即取接樹選其向陽細嫩枝如箸粗者，長四寸許，其枝須兩節，兼須是二年枝方可。接時微批一頭入砧處，插入砧緣劈處令入五分，其入須兩邊批所接枝皮處插了，令與砧皮齊，砧令寬急得所。寬則陽氣不應，急則力大夾殺，全在細意酌度。插枝了别取本色樹木皮一片，長尺餘，闊二三分，纏所接樹枝並砧緣瘡口，恐雨水入；纏訖以黄泥泥其砧面並枝頭並泥黄封之。對插一邊皆同此法。泥訖，仍以紙裹頭麻纏之，恐其泥落故也。砧上有葉，即旋去之，仍以灰糞壅其砧根外，以刺棘遮護，勿使有動物撥其枝。春雨得所尤易活，其實内子相類者，林檎、梨向木瓜及海棠砧上，栗子向櫟砧上，楊梅向桑砧上，皆活，蓋是類也。

木 雜 法

元日，天未明將火把於園中百樹上，從頭用火燎過，可免百蟲食葉之患。

楊文公《談苑》記徐諧（鍇）謂《吕氏春秋》云：桂枝之下無雜木，辛螫故也。官桂殺草木，自是其性，不爲辛螫也。《雷公炮炙論》云：以桂爲丁，以釘木中，其木即死。一丁至微,未必能螯大木,自其性相制耳。

樹得桂而枯,然未可一概而論者。以桂爲丁,在下釘則枯,在上矴則茂。

凡木,皆有雌雄。而雄者多不實,可鑿末作方寸穴,取雌木填之乃實。

凡樹,以擣油麻渣雜糞灰壅之,則枝葉茂。

凡所松木,五更初所斫倒,便削去皮則無白蟻。又須擇血忌日斫,則白蟻不食。七月辰日最良,若已爲白蟻所食,於血忌日以斧敲之,云:今日血忌。則白蟻自出。

花

花卉總説

牡丹千葉者,蜀人號爲京花,謂洛陽種也。單葉者只呼爲川花。又曰山花,又曰山丹。

宋單父,字孺,能種藝術,牡丹變易千種。上皇召至驪山,植花萬本,色樣各不同,内有人呼爲花師。

瑞香,生江南諸山。廬山者最勝,有數種,唯紫花葉青色而厚,似橘葉者最香。人家須就廊廡簷下堦基上,去屋簷滴水二尺餘種之,不可露根,則不榮。在屋下太深亦不可,有白花者處又有非瑞香之類也。

邛州有弄色木芙蓉,初日白,明日鵝黄,又明日淺紅,又明日深紅,比落微紫色。又謂之文官花。

沉香亭前木芍藥花,一枝兩頭則紅,午後則深碧,暮則深黄,夜則粉白,晝夜之内,香豔各異。帝曰:此花之妖,不足訝也。

峨嵋山中婆羅花,苞大如拳,葉似枇杷葉,凡十餘葉相沓捧苞,類同花三簇三十朶,經月方謝,有西域僧云印亦然。

映山紅,生於山坡欹側之地,高過不五七尺,花繁而紅,輝映山林,開時杜鵑始啼,一名杜鵑花。

李贊皇《花木記》:以海爲名者,悉從海外來,如海棠之類是也。花木旺於春,竹旺於秋。

種　　花

種蓮子法：八月取堅黑子，瓦上磨光，直令皮薄，取墐土作熟泥，封如三指大，長使帶頭平重，令磨處尖，臨欲種時，擲至池中，重頭向下，自然周正，薄皮上易生，數日即出；不磨者，卒不能復生。

種藕法：春初掘出藕三節無損處，種入深泥，令到硬土。穀雨前種，當年有花。

種蓮，以麥門冬子夾種，則茂盛。

種蓮，用臘糟少許裹藕種，來年發花盛。初春，掘藕根取節頭著泥中種之，當年著花。以蓮的投靛甕中，經年移種，發碧花。

種蓮，須先羊糞攘地，於立夏前三兩日種，當年便著花。又法：用五月二十日移深種蓮柄，長者以竹枝子扶之，無有不活。

種荷藕，用藕以酒糟塗之，則茂盛。

荷蓮極畏桐油，就[池]以手掐去荷葉中間心，滴數點桐油入其中，雖數頃荷蓮亦死。

種水僊花，須是沃壤，日以水澆則花盛；地則瘦無花，其名水僊，不可缺水。

水僊收時，用小便浸一宿，取去照乾，懸之當火處，候種時取出，無不發花者。

種雞冠花，如立撒子，則高株方開花；若坐撒子，則小株低矮開花；如以扇或婦女裙撒子，則花大亦如之；如以手撒子，則花如手指。

種樱粟花，以兩手重迭撒種，即開重叠花。

種樱粟花，九月九日以竹掃帚或苕帚撒，結罌必大，子必滿。又云：中秋夜種，則子滿罌。

凡種好花木，其傍須種葱韭之類，庶避麝香之禍也。菜園中間種牡丹、芍藥最茂。

凡種花藥，須冬至後立春前。所斫直枝有鶴潦，如大姆指者，長二尺許，於芋魁中掘坎令寬，調泥漿，細切生葱一升攪於泥中，將芋魁置泥中以細土覆之，勿令實,當年有花次年實。

牡丹,著蕊如彈子大時試撿之,十朵之中必有三兩朵不實,去之則不奪他花之力。

種花蕊處,栽株遇麝香,則不損。

凡花木,有直根一條,謂之命根,趁小時便盤了或以磚瓦承之,勿令生下,則他日易移。

凡花皆宜春種,唯牡丹宜秋社前後接種。

接花法

凡種牡丹,須令人看視之,如一接便活者,逐歲有花。若初接不活,削去再接者,只當年有花。

牡丹與於芍藥根上接,易活。無過一二年,牡丹自生本根,則施割去芍藥根,則成真牡丹矣。

立春,如是子日,於茄根上接牡丹花,不出一月,即爛熳也。

黄、白二菊,各披去一邊皮,用麻皮紮合,其開花半黄半白。

苦練(楝)樹,上樹接梅花,則花如墨梅。

木樨接石榴,開花必紅。

花木接者,或欲移種,須令接頭在土外。

凡種花樹,雖以接活,内有脂力未全包生滿接頭處,切愛護,勿令梅雨得以浸其皮,必不活。

澆花法

牡丹將開,不可多灌,土寒則開遲;剪花欲急花,則花體無傷。

海棠花,欲鮮而盛,於冬至日早,以糟水澆根下。

瑞香花,惡温畏日,不得頻沃以水,宜用小便,可殺蚯蚓。或從花腳澆之,則葉緑。又用梳頭垢膩根上,有日色即覆之。

又以澤澆布衣灰汁澆瑞香,能去蚯蚓,且肥花。蓋瑞香根甜,得灰水則蚯蚓不食,而衣服垢膩又且肥也。

月桂花，葉常苦蟲食，以魚腥水澆之乃止。

雞糞壅茉莉則盛，壅百合則甚孳生。

用燖豬湯澆茉莉花，多馨香，花則肥。

灌溉花木，各自不同。木樨當用豬糞，瑞香當用燖豬湯，蒲菊當用米泔水和黑豆皮。花木有不宜糞穢者甚多，尤宜審問，用之非其宜，則基木立槁。

凡種花，欲得花多，須用肥土秋冬間壅根，逢春著花自盛。以豬糞和土令發熟過爲肥土。

催花法：用馬糞浸水煎，日澆之，三四日方開者，次日開盡。

花　木　忌

芍藥、牡丹不可置木斛中，不耐久，仍須要避風處。

花中忌麝，瓜尤忌之。鄭注赴河中，姬妾百餘騎，自京兆至，道中所過瓜園，一蒂不獲。

種蕙蘭，忌用水灑。

以烏賊魚骨鍼花樹，花輒死。

雜　　說

牡丹花上穴如針孔，乃蟲所藏處，花工謂之氣瘡，以火針點硫黄末針之，蟲乃死。或云：百部塞之。

牡丹、芍藥插瓶中，先燒枝斷處令焦，熔臘封之，乃以水浸數日，不萎。蜀葵插瓶中即萎，以百沸湯浸之復甦，亦燒根。

牡丹欲開時，用鴨子殼三分之一籠之，賞則去殼。

瓶中牡丹、芍藥花嫣者，煎去下截爛處，用水甕架於缸上，盡浸枝梗，一夕花色鮮如故。

芍藥、牡丹摘下燒其柄，先置瓶中，後入水，夜則以水灑地，鋪蘆席，又用水灑之，鋪花於其上，次日再入瓶。如此，可留數日。

瓶内養荷花，先將花倒之，灌水令滿，急插瓶中，則久而不蔫。或先以花入瓶，然後注水，其花亦開。

蓮花未開者，先將竹針十字捲之白汁出，然後插瓶中便開。或削針去柄，簪於瓶中。

芙蓉，隔夜以靛水調紙蘸心蕊上，以紙裹，來日開成碧色。花五色皆可染。

菊花根倒，置水一盞，剪紙條一枚濕之，半纏根上，半在盞中，自然引上，蓋菊根惡水也。

菊花大蕊未開，逐蕊以龍眼殼罩之，至欲開時，隔夜以硫水灌之，次早去其罩，即大開。

海棠，候花謝結子，放剪去，來年花盛而無葉。

單葉罌粟，子於中秋夜種訖，用竹帚匀掃，則成千葉。

春月，花欲開時，欲其緩開，以雞子清塗花蕾，可遲三二日。謝亦如之。

冬間，蘭花瓶多凍破，以爐灰置底下則不凍，或用硫黄置瓶内亦得。

棘能避霜，花果以圍之即茂。

人家園圃中四傍宜種决明草，蛇不能敢入。

收菊花，至三月、八九月間，菊含蕊時和根先掘一坑，將菊倒垂在内，根用竹架起，密鋪竹片，以角屑放根中，四旁卻用土埋之，築緊。於來年取以水灑暖取，即漸開花如初。埋一二日，以水灑少許，養之。

梅雨時收菊花叢邊小株分種。驗其茂，則摘去心苗，欲其成小叢也。

木犀葉，有齒如鋸，其紋亦粗澀者乃香。有一等葉光澤者，殊無香也。又有一種花極白者，亦無香。蘭亦如之。

半開茉莉花頭，可薰佩帶。

果

果木總説

梅，結實最遲。語曰：桃三李四梅十二。蓋言桃三年、李四年皆實，惟梅必十二年也，故云。

果中易生者，莫如桃；而結實遲者，莫如橘。諺云：頭有二毛好種桃，立不踰膝好種橘。言桃可待，而橘不可待也。

河陰石榴，名三十八者，蓋其中只有三十八[子]，仍張若中所説也。

羅浮有壺橘十種，又有橘子有兩眼倍，謂之越三頭。

楊梅、皂莢有雌雄者之樹，雄者無實。

銀杏樹，有雌雄。雄者有三稜，雌者有二稜，合二者種之，或在池邊，能結子而茂，蓋臨池照亦生也。

桃實自乾不落者，名桃梟。

果實異常者，根下必有毒蛇，切不可食。

種果木法

凡種果，宜望前種，若望後則少實。

三月上旬，取果木斫取好直枝如大姆指，長五寸，内著芋魁中種之，候芋大蔓菁根。亦可用盛種核，種三四年乃如此之大耳。

凡種果，須候肉爛和核種之，否則，不類其種。

種石榴時，先鋪一重石子，次鋪沙泥，又鋪石子，安根方著，根在其上，用泥覆蓋。平地多用大石壓之。《本草》謂之安石榴。

種石榴，取直枝如大姆指，斬取一尺，八九條共爲一窠，燒下頭二寸，作坑深一尺，豎株，坑畔周布令匀，置枯骨石於枝間，下土令實，一重骨石，一重土，出枝頭一寸，水澆即生。又以骨石置枝間，即茂。

種果木，月半前則多子，月半後則少子。

種盤榴法：冬間霜下可收歸南簷下，如土乾時，就月色中略用水澆潤。春暖放露地磚石上，如長嫩苗，隨意剪去，勿令高大。夏間置烈日中或屋上曬尤佳，免近地氣長根及有蟻蚓，兼猛日曬則易著花。又須每日侵晨用水一盆，或米泔，没花斛浸約半時許，取出日中曬。如覺土乾又浸，或一兩日一浸，日中不必浸，亦不必添肥土，間用溝泥水澆之不妨，只要浸，別無他法。

種桃，桃熟時牆面暖處寬深爲坑，收濕牛糞内坑中，好桃核十數個，類頭向坑中糞上，厚蓋一尺深，春芽生和土移種之。

栽杏,杏熟時含肉埋糞中,至春既生,則移栽實地。既移不得更移。

栽果木,擇取地低處,候栽接了用泥深蓋過,令接處生根,著子不見,香味倍好。

種甘蔗,必[豬]毛和土,必長茂。

移大梅樹,去其枝稍大,其根盤沃以溝泥,無不活者。

接果木法

桃樹李接枝,則紅而甘。李接桃枝生子,則爲桃。桑樹接楊梅,則爲酸。

葡萄欲其肉實,當栽於棗樹之側。於春間鑽棗樹作一竅,引葡萄枝入竅中透出。至二三年葡萄樹既長大,塞滿竅子,便可斫去葡萄根,令托棗根以生,便得肉實如棗。北地皆如此種。

梅樹接桃,則脆;桃樹接杏,則大。

柿接及三次全,則無核。

應點桃、李、銀杏,栽蒂子向上,個個生,向下生者少。

凡接矮果及花,用好黄泥曬乾篩過,以小便浸之;又曬乾篩過,再浸之;又曬浸,凡十餘次。以泥封樹枝,用竹筒破兩片,封裹之,則根立生;次年斷其皮接根,取栽之。

柑橘棖等,於枳殼上接者易活。

接樹,須取向南,隔年近下接之,則著子多。

脱果法:木生之果,八月間以牛滓和包其鶴膝處如大杯,以紙裹囊覆之,麻繞令密致,重則以杖柱之,任其發花結實。明年夏秋間試發一包,視之其根生,則斷其本埋土中,其花實皆宴然不動,如巨木所結子。頃在蕭山縣,見山寺中,橘木止高一二尺,實皆如拳大,蓋用此術也。大木亦可爲之。常見人家,有老林檎木根已蠹朽,圃人乃去木本二三尺許,如上法以土包之,一年後土中生根,乃截去近根處三尺許,埋土包入地,後遂爲完木。

治果木法

柑橘樹爲蟲所食,取蟻窩於其上,則蟲自去。

果木樹蟲有蠧蟲者，以芫花内孔中，即除。或云：納百部葉，亦可。

果木有蟲蠧處，用杉木作小丁，塞其穴，其立死。

避五果蠧，正月旦雞鳴時，把火遍照五果及桑樹上下，則無蟲。

生人髮掛果樹，鳥不敢食其實。

桃樹過春月，以刀斫之，則穰出而不蛀。

桃樹實太繁則多墜，以刀横斫其幹數下，乃止。

鑿果樹納少種末，則子多宜美。又樹老，以鍾乳末和泥，於根上揭去皮抹之，樹復茂。

以死鼠浸溺[缸]内，候鼠浮，取埋橘樹根下，次年必盛生。《涅盤經》云：如橘得鼠，其果子多。

果樹無子，以社酒或社日糞潑之，其生必多。

社日，令人舂桃樹下，則結實牢。凡果實不牢者，宜社日舂其根。

凡果實初熟，用雙手摘採，則年年生。

凡嫁樹，元日日未出時，以斧斑駁椎斫棗李等樹，謂之嫁樹。

果　木　忌

橄欖將熟，以竹丁釘之，或鹽納於皮下，其實自落。

荔枝結子時，若日午有雨，則盡落。

果木見麝香則蔫花不結子。

果木及皂莢之類，初實年或爲僧尼所觸，終不復實。切宜記之。

果木樹如曾經孝子及孕婦手斫，則數年不著花，或不甚結實。

凡果子先被人盜吃一枝，飛禽便來吃。

凡果木未全熟時摘，若熟即抽過筋脈，來歲必不盛。

雜　　説

栗採實時，要得披殘其枝，明年益茂。《南圭》云。

甜瓜生者，以鮝魚骨插頭頂上，則蒂落而易熟。

紅柿摘下未熟，每籃將木瓜三兩枚於其中，其柿得木瓜即熟，並無澀味。

生木瓜細切，拌小棠梨入竹籠，腌數日即成青沙爛。生柿亦如此法，即熟。

炒栗，用少油在手，逐個揩之，則膜不沾肉。

柿子常生，曬之即熟。

南方柑橘雖多，然亦畏霜，時不甚收。唯洞庭霜雖多無所損。詢彼人，云洞庭四面皆水，氣上騰能開霜，所以洞橘最佳，歲收不耗，正爲此爾。

諺云：橘見屍而實繁，榴得骸而葉盛。蓋言人屍埋橘樹之下，實甚繁。以人骸埋榴樹下，生葉必茂。如埋貓引竹相類。

果子生花，花謝時天晴日猛果子多，遇雨即少。

果實，凡經數次接者核小，但其核不可種耳。

吴人忘（忌）葡萄，云實則主。信然。

桃者，五行之精，制百鬼，謂之仙桃。

生龍眼，沸湯内淖過，食之不動脾。

菜

菜總説

芹菜者，江南謂之豬蓴。苦菜，河北謂之龍葵。馬蘭，《廣雅》謂之馬薤。

《雜俎》曰：蓴根，美之絶美，江南謂之蓴龜。

枸杞，春曰天精子，夏曰枸杞葉，秋曰却老枝，冬曰地骨皮。

種菜法

正月可種瓠，六月可畜瓠，八月可斷瓠。

種瓜之一法，畝爲二十四科，區方員三尺，深五寸。一科用一石糞，糞與土合和令相拌，以三斗瓦甕埋著科中央，令甕口上與地平，盛水甕中令滿，種瓜甕四面各一子，以瓦甕口水或減，輒增常令水滿。

種瓜，宜用戊辰，及三月三日。

種絲瓜，社上爲日。

種芋，區方深皆三尺，取豆萁納區中，踐之厚尺五寸，取區上滋土與糞和之内，區中其上令厚二尺，以水澆之，足踐令匀，取五芋子置四角及中央，頻頻用水澆其爛，芋生子皆三尺長，一區收三石。

茄子，九月熟時，摘取劈破，水淘子取沉香者曝乾，裹置至二月畦種。

種茄子時，初見根處拍開，掐硫黄、皂莢子大泥培之，結子倍多，其大如盞，味多益人。

菠蔆，過月朔乃生。令月初二三間種，與二十七八間種者，皆過來月初一方生。驗之信然。蓋菠蔆閏菜。

生菜種之，不必拘時，牙盡則下種，亦便出。諺云：生菜不離園。以不時而出也。

種枸杞法：秋冬收子，於水盆中挼取曝乾，春熟地作畦，畦中去五寸土匀作壟，壟中縛草稕如臂，長與畦等，即以泥塗草稕上，以枸杞子布於泥上，以細土蓋令遍。又以爛牛糞一重，又以土一重，令畦平。待苗出，水澆之，堪吃便剪。

種冬瓜，正月晦傍牆區種之，區員三寸、深五寸，著糞種之。

種薤，薤畦欲深，下水和糞，初歲唯一剪，每剪即加糞。唯須深其畦，爲容糞也。

種薑，宜白沙地，少與糞，熟耕縱横七遍尤善。

治園，令土極細，以硫黄調水潑之，撒芥子其上，經宿已生一兩小葉矣。

茄子開花時，取葉布過路，以灰圍之，結子加倍，謂之嫁茄。

田間人云：種油麻，人須宰地著胯，則易茂盛。又種桃枝、竹時，用鋤頭一帶拖來，作淹不得臺上，鋤頭仍不得欹，倒退種之，則易旺。正如冬瓜怕拜之類，仍不可曉。

枸杞，不可以插種。

頗稜，西域菜名。頗稜因僧攜子入中國，訛爲波稜。

種茄法：茄著五葉，因雨移之。

種蘿蔔，宜沙糯地，五月犁五六遍，六月六日種，鋤不壓多個即少。

種雜植法

種水芭蕉法：取大芭蕉根，平切作兩片，先用糞、硫黄酵土，須十分細，卻以芭蕉所切處向下，覆以細土，當年便於根上生小芭蕉芽，長二三寸，取起，作骰子塊切，切下逐根種於石上，用棕欄細纏定，根下著少土置水中，候其土漸去，其根已附石矣。

凡種紅芭蕉，其彨至霜降掘出，諸於向陽泥中，開春再種，不爾必爲霜雪所損。

種麥門冬草，先以大糞和土布根下，生必叢茂。

種地黄，取花刀子斷之，每根寸餘畦種，上糞下水；入八九月，根成，一畝可收三十石。

種山藥，以手則細瘦，以鍬钁則大。

種山藥法：用蘆簾圈，實之以土，種於其中。至欲用時，則斫囤以取，甚著力。

種山藥，每年易人，仍不可犯手種。

正月二十日下土謂之天穿日，宜種荆芥。

菖蒲，初種在圓石之上，一再移好石之上，乃細而不粗。

石菖蒲，喜洗根，頻洗則葉細而秀。極怕煙，人家多置之神佛供養，才被香煙[熏]者，無不爛死。

石菖蒲，須石泉及天水雨水，不可用井水河水。如無油膩塵垢，不必頻易。夜移置露天，但起見日收入，則可久也。或云：須用缸貯雨水，三五日一次，用均㼾過别缸，去其滓涕，如是三五次，其水清，方可頻頻换浸，井水山泉皆不如也。

種百合，擇肥地熟鋤加糞，春取根大者，劈取瓣於畦中，如種蒜法，五寸一瓣種之直作行，又加糞灌水，苗出即鋤四邊，令絶無草，乾即灌水，三年後其大如拳，然後取食。

百部，山地種之，如百合法，多種爲佳。取根挼汁灌衣，令不生虱，仍潔白，如用皂角。

木瓜，種子及栽皆得，壓枝亦生。栽種與桃李同，須經霜方可收子。

茱萸,二月三月栽之,宜栽故城堤塚高燥之處。重陽日收子,陰乾爲妙。

種枳子,乃具橘枳説。秋成取枳實破作四片於陰地,熟劚加糞,即密種之。至春生,隔一冬高一尺,然後移栽,每一尺種一,至高五尺,以物編之,甚可覷盜賊,豬犬更不可過。

人家不可多種芭蕉,少久而招祟。

種芭蕉欲長茂,以汙渠中泥沃之。

種芋,根欲深,劚其傍以覆其土,旱則澆之,有草鋤之。

種菌子,取爛楮木埋於地下,常以米泔澆之令濕,三兩日即生。

雜　說

香菜與土龍腦不得用糞澆,[澆]則不香;只以溝泥水、米泔水澆之佳。

茭苜根,逐年移動,生者不黑。

種香菜,常以洗魚水澆之,則香而茂。

潮南百姓,郊外得一菌甚大,獻與府主。有僧云:此物至毒,謹慎勿食。乃於所獲之處[掘]之,有蟄蛇千餘條。有寺僧市野椹,有黑而班者,有黄白而赤者,齋食衆僧,悉吐瀉而死者。有篚工曰:[掘]地作坑,以新汲水投坑中攪之澄清,名曰地漿,飲之其毒即解。夫蕈菌皆濕氣鬱蒸而生,又有生於腐骸毒蛇之上,大而光明,人誤以爲靈芝,食之而速死。

竹籬法:酸棗熟時,多收子,於地四畔掘坑,深三尺,闊二尺種之,生後護惜勿令損。一年後高三尺,一尺以上留一莖,稀密行五端,直至來春,剥去横枝留距,不留距冬至凍損,剥訖編竹籬甚佳。

禽　獸

鶴

世間只知鶴胎生,所以賦云:胎化仙禽。不知鸕鷀亦是胎生,只緣鸕鷀食魚,不與鶴同,今養鶴者,啗腥穢甚於鸕鷀。若以色黑於鶴,則白鶴千年方變爲玄鶴,君子惡居下流,其鸕鷲之謂乎?[淵]材迂闊好怪,嘗蓄兩鶴,客至誇曰:此仙禽也。凡禽卵生,此禽胎生。語未卒,園丁報曰:鶴夜産一卵。淵材呵曰:敢謗鶴耶!俄頃鶴展脛伏地,忽誕一卵。淵材歎曰:鶴亦敗道。吾乃爲劉禹錫佳話所誤,自今除佛、老、孔子之語,餘皆勘驗。然淵材讀《相鶴經》未熟耳。

池州鳳凰山道士趙自然,夢陰直君與柏葉一枝,九叠食之,因而不食,神氣異常。爲詩曰:嘗欲棲山島,間眠玉洞寒。丹哥時引舞,來去誇雲鸞。或問何名丹哥,曰鶴也。

鶴,陽鳥也。稟金火之氣以生,三年頂赤,七年善飛,又七年十二時鳴,六十年聚毛,生泥不能污,一百六十年雌雄相孕,一千六百年不食而胎生,仙人騏驥也。其相以長頸修竦則善鳴,龜背鱉腹則能舞。

鶴備五方色:頂紅,身白,翅黑,腳青,舌黄。如仙鶴來,必有鶻鷹一二相引。

教鶴舞,先以火燒地熱,取鶴籠在熱處,拍掌彈鶴,既踏熱則必跳腳,展翅如舞,逐施增熱,拍手彈之,得數日雖不熱,但聞拍彈之聲亦舞。

遼人有一種駿鷹,號海東青,出女真國、高麗之間,蓋鶻也。帳前卒以十馬易一海東青云。

雁有二種,一種形狀如鵝,而嘴腳皆黄色毛;一種差小而嘴腳皆赤,腹有長班文。豈分鴻雁者乎?

雁

北方白雁,似雁而少白,秋深至則霜降,河北人謂之霜信。

諸　禽

鸜鵒,居人多養之。五月五日去其舌尖則能語,聲尤清越,雖鸚鵡不能過也。

鶶鵜，水鳥，其膏可以塗刀劍不鏽。

李坊爲詩慕白居易，園林書五禽，皆以客名，曰鵰曰閑客。

長安豪民楊崇義妻劉氏，與鄰舍兒李弇私通，同謀害崇義枯井中，僕妾並無所覺，惟有鸚鵡在架上。劉氏經府陳詞，言其夫不歸，慮爲人所害，日夜捕賊，拷捶數百人，莫究其弊。縣再詣檢校，架上鸚鵡忽然聲冤曰：殺家主者，劉氏李弇也。遂執訊得實，明皇封爲緑衣使者。

鸕鷀，色黑而頸長，能没水捕魚。棲宿之處，其下雖水深，魚未嘗犯。諺云：鸕鷀不打脚一塘。

退之詩云：唤起窗前曙，催歸日未西。魯直云：二禽名也。催歸，子規也。唤起聲如絡絲，圓轉清亮，偏於春曉鳴，江南謂之春唤。

蜀始王曰蠶叢，次日（曰）伯雍，次月（曰）魚鳧。又曰：蜀王杜宇，自號望帝。

紅蝙蝠，出隴州，多雙大紅蕉花間，若獲其一，則一不去，南人收爲媚藥。

船舶愛養鴿，舶没雖數千里，鴿能飛歸以報其家，海瀕之人號曰鴿信。

虎

虎脅兩旁及尾下，有骨石虎威，宜佩以臨官。

駝

世傳明駝千里脚，謂駝卧屈足，腹不著地而漏明，最能遠行。

駝峰倒者齒老矣，少健者峰直。

[雜　說]

頃年出京師，射（僱）得一舟，中其（甚）多鼠，雖日殺千數，救無窮也。乃知善貓不可不畜。

小狗不宜抱起跌下，則皮寬而不長。

欲速富,畜五牸。

引羊法:家政令曰,養羊以瓦器[盛]鹽一二升外掛羊欄中,羊喜鹽,數還啖之,則羊不復勞人喂也。

蟲　　魚

蟲

螢火,一名耀夜,一名丹鳥,一名夜光,一名宵燭。蝙蝠,一名仙鼠,一名飛鼠,五百歲色白,腦著物則頭垂,謂之倒掛。

蛺蝶子,一曰野鵝。鳳蝶,大曰鳳子,一名鳳車,或黑色,名鬼車。

蜻蛉,或曰蝴蝶,青亭也。小者曰胡黎,亦名赤衣使者,又曰赤弁丈人。

蜥蜴,或名蝘蜓,以器養之以朱砂 ,體盡赤,所食滿者,個搗萬杵,點女人臂,終身不滅,惟房室事則滅,故號守宫。東方朔奏武帝,用之有驗。

鼠,食巴豆三年,重三十斤。

元豐中,慶州界生子方蟲,方爲秋田之害,忽一蟲生如土中狗喝,有喙、有鉗,千萬,菽地遇子方蟲,則以鉗搏之患,悉爲兩段。旬日,子方皆盡,歲以大穰。其蟲舊曾有之,土人謂之旁不旨。

俗云:蝦蟆一跳八尺,再跳六尺,從春至夏,裸袒相逐,無地所作,掉尾肅肅。或云夏鳥。

有人野外見蜈蚣逐一蛇甚急,蛇知力屈,回身張口向之,蜈蚣入其口,俄頃蛇死,穴其腹旁而出。折蛇視之,已無腸矣。傳言即甘帶蝍蛆,即蜈蚣。

凡夜食必以燭。陳正敏大醉,取水將飲,聞水中有聲,急呼燭視之,得一蟲,狀如蚯蚓,左右曰水蟲也,入腹中食人腸胃。

世傳蝗食苗,由吏貪殘所召,身黑頭赤者武官蝗,頭黑身赤者文官蝗。

蠨蛸,注云:小蜘蛛。腳長者俗呼爲喜子。

八蠶綿者,八蠶共作一大蠶(璽)。

魚

陶朱公《養魚經》曰：凡種池中作數洲，令魚循環無窮，如在江海。每二月上庚日，取鯉魚有子者投池中，至四月、六月、八月各投一神守。神守者，鱉也。魚至三百六十投，則蛟龍，長之因風則飛去，惟鱉守之，則不能去。

寶誌太對梁武帝食鱠，帝曰：朕不知味二十餘年，師何必爾。誌公吐出，小魚皆其鱗尾。今秣繪殘魚是也。

吴都獻松江鱠魚，煬帝曰所謂金齏玉鱠，東南佳味。

蒲陽通印子魚，名著天下。其地有通應侯廟，前有港，其魚最佳，今人必求其大可容印者，謂之通印子魚。荆公亦有詩云：長魚俎上通三印。此傳聞之訛也。吴王江行食鱠，棄其餘於中流，化爲魚，其長數寸，名吴餘鱠。

齊王問陶朱公速富之術，曰水畜爲第一。

凡魚子，未經鹽醃者，放之野水中，能活。出《藏經》。然須以荷葉重包之。

鱔魚，喜暖。販鱔者，器中置鰍，蓋鰍遊則鱔亦遊，不爾即睡死。

明州江瑶柱，每入京，舟中置水櫃如閘法，一邊貯江瑶，一邊貯水。記潮候，當潮閘放水，江瑶飲之，乃得鮮活。

鯽魚，欲死尚活者，著少許水蛭末在口中，便鮮活。

蟹

虎蟳，海蟹之大者，有虎斑。大蟹謂蟳者，以其隨波湮淪；蟹之小者，每潮欲來，出大舉螯迎之，名招潮子。又一種小蟹，隨潮脱殼，潮退徐行泥中，名謂曰攤塗。

蠣殼中有小蟹，時出取食，復入蠣殼，謂之小奴。

八月蟹，腹有貞稻芒，長寸許，向東輸與海神，未輸芒不可食也。

蟹曰無腸公子，龜曰先知君。

鰌類有目如猴者，名泥猴。《爾雅》云鰼鰌。有軍魚，故海上人酒令云：軍魚下海折烏賊,有功封泥猴。

澄瀾挺質,凝沫成形,其名曰鮀,湯骨反。即水母也。吴名海蜇。

牧　養

雞

雞種,取桑落時生者良,春夏生者即不佳。

養雞法:二月先耕一畝作田,秫粥灑之則生芽,覆上自生白蟲,便買黄雌雞十只,於地上作屋,方廣丈五,於屋下懸簣,令雞宿上。

雞一名燭夜,一名司晨。有五德:頭有冠象文,足有距象武,遇敵則鬥象勇,得食相呼象義,鳴不失時象信。雞一名翰音,狗曰黄耳,豬曰參軍,羊曰髯主簿。

凡放新雞,以水澆其脚,則不走出外。

逼逗雞,但及一片之數,撏去尾軀骨,毛則長。

雞鴿塒栅,用豬鬃毛和泥泥之,鼠狼、老鼠皆不侵齧。

鵝　鴨

鵝、鴨並歲再伏者爲種。大率鵝三雌一雄,鴨五雌一雄。大鵝十一子,鴨二十子,小者減之。數起者不任爲種,其貪伏不起者,須五六日一與食,起之。

方君云:養鴨者,每年五月五日,不得放棲,只喂乾食,不得與水吃,則日日生卵。不然,或生或不生。某家用此法,生卵未有一日缺。一法以土硫黄拌穀飼之,易肥。

馬

善相馬者云:馬之良者,須是耳在頭上,眼在面上,脚在肚子,糞在地下。識者始可語此也。

王良問伯樂曰：相馬可得聞乎？答曰：馬頭爲王欲方，目爲水欲明，脊爲將軍欲强，腹爲城廓欲張，汗溝欲深小如斬竹。口中色如日月光者，行千里；口中有黑者曰銜鳥；短髯白額入口，名曰榆馬，一名的盧。

羊

牧羊鬚必大。老子心性，婉順者起居以時，調其宜適，唯遠水爲良，二日一飲，緩驅行，勿停息，春夏早，秋冬晚出，圈不厭近，必須近人居，相連門窗，向圈架並牆爲廠，圈中作臺，開竇無令停水。二日一除，勿使糞穢圈内。須並牆竪柴栅，令周匝。

豬

豬，冬夏初産者，宜煮穀飼之，其子三日更掉毛，六十日後健。十一月、十二月生者，豚暖草蒸之，否則腦凍不合，不出旬便死。

共食豚乳下者佳，簡取别飼之。愁其不肥，共母同圈，粟豆難足，其理車輪爲食場，散粟豆於内，小豚足食，出入自由則肥速。

犬　　貓

犬惟黑色者，不爲盜所誘。

狗欲换毛，飼以糟即易退。

犬黑者，養之能避伏屍。舌青斑者，識盜則吠，進而咬之。

以胡麻麥少啖犬，則光黑而駁，使臘必大獲，又可得三十歲。

取貓兒，須忌鶴神所在之方。諺云：送入鶴神口則不利。謂如鶴神東南，取時宛轉自西北而來，乃長進。

貓生子，值天德、月德者無不成。忌寅生，及子生人見。

吴君云：海州貓兒，名冠天下，異於他處者，不吼平聲。耳。

土畜，養亦有法：只喂生魚飯，若喫燒魚亦吼矣。又云：大抵貓端正異相者，多不捕鼠；頭大尾尖者，其禮亦然。

凡試貓，從頭項提看，若尾起則爲鈍，若尾順而收抵腹下則爲驍健。

早喂貓，晚飼犬。

貓兒病風，以艾炷灸尾，則活。又一法，以烏藥青銅錢磨水灌之，立差。

覓貓犬養，出所覓之門，入覓者之門，切避鶴神、太歲及太白出遊方，如不避，多難養。选天德、月德方及天德、月德生氣日，取之大吉。鶴神、太歲方，見百忌曆。

雜　說

戌不乞狗，亥不養豬，午馬、酉雞、丑牛皆所屬，若犯之則養不成。

走獸，凡角足者多食食，瓜足者多食肉。

欲畜鹿之小者，須看舌，青則易養，白則難活。

黄牛，欲取乳者，用稀糯米粥調粉乳灌之，經宿乳更宜，蒸黑豆飼之尤佳。

猢猻，有小如拳者，不得與水飲，飲之必長大。

佛印云：取嫩小猿猴，以靈砂逐日拌飲與食之，一年能作人言。此法玄仙經中言，靈砂之功，其驗如此。

又初生犬子，未開眼時，亦以靈砂拌飯與食，至大不啖穢物，如聞即叫吼而去。

醫　獸

高侍禁云：馬遠行或驟蹙動肺，口鼻流血者，急飼菠菱即差。暑行中熱極者飼之亦差。

馬被鞍擦破脊梁，以渠中淤泥塗之，即愈。

犬死以葵根塞鼻，良久即活。

去狗蠅，取濾麻油滓手接擦其身，蠅即去。

狗上身發癩蟲蠅，百部汁塗之即出。

誤踏貓兒致死,濃煎蘇木汁,塗即活。

貓兒病,則灌烏藥;犬子病,則灌平胃散。

貓兒瘦瘁及煨火者,以硫黄少許納豬臓内火炮香,令貓食之,或入魚拌飯飼之。

猢猻病,吃壁上嬉子即安。

猢猻百病,主以貫衆;貓兒主以烏藥;猿以蜘蛛;犬以巴豆。

蝦蟆死,以單草覆,吴蘇人謂之蝦蟆衣草。

《抱朴子》: 韓子治常以地黄甘草哺五十歲老馬,以生二駒,又百三十歲乃死。東坡與翟東玉帖亦云: 以地黄啖老馬,皆復爲駒。樂天採地黄詩云: 與君啖老馬,可使照地光。今人不復知此法也。

惡馬咬人,以白僵蠶塗其口,即不咬人。

以鼠狼皮掛馬槽上,不食穀粟。

使惡馬善,以油灌之,但無精神。然兩三食,即如舊。惟用有足汗人臭襪,細切和草飼之,可十日不劣,且有精神。

犬食馬肉發狂,以枸杞子煮粥飼之,即解。若不肯食,以鹽塗其鼻,既舐之則必食矣。

石灰入馬鼻便生膜,如欲解,以鹽湯洗之。

治疥患,白鴿矢食鴿,即愈。

馬患疥入鬃尾,取[鴿]矢炒末入草飼之。

象趕人無横力,避之斜行,不能害人。

象畏老鼠,懸一鼠則伏,恐入其耳也。

飲　食

麯　蘖

凡造麯,曬一月,露一月,酒清甚。

麵麯踏了，或風，或罨，候十分乾，每片作三片，夾紙袋貯掛之，經時不糖壞也。

三伏内造麯，不折不蛀，合醬不酸不折。

初伏造麯十倍力，中伏、末伏二分力。

欲得酒辣，踏麯之時，茄葉對蓼用之，恐太辣，則損茄葉一二分。

醖　釀

造酒浸漿，你臭我香，你酸我甘。

每酒醅一石用緑豆粉半斤攪之，然後上醡，其清如水。

凡造煮酒，才醡下便輕手勺入别缸，隔一宿便入瓶罌，隔一宿便煮，庶得色清。榨栽三宿而煮，即色赤。

京師貴家多以酴醾漬酒，獨有芬芳而已。近年方以榠楂花懸酒中，不惟馥鬱可愛，又能使酒味辛冽始攻。戚裹外人所未知也。

酴醾酒，採酴醾□爛，更入水麋香□子，不可多，貯以絹袋，入酒瓶内，三兩日後飲之極佳，無木香亦可。

山藥酒，每山藥五寸許去皮，豎於炊甑中，以硼砂少許置其上，蒸熟甚，以寸許於盃中，熱酒沖則盡散，便可飲之。

橙香酒，用橙子去穰，以皮浸酒缸中，密封寄窨三兩日，其香尤甚。

淅東鄉村有酒坊，鄉民苦之。近坊有一井，造酒必汲此水。適造臘酒，鄉人有以乾葛末投之井中，是歲年計煮酒數百石，皆漓淡無酒氣味，坊自此廢。酒畏葛如此。

臈水收之釀，每缸投一碗，不酸不壞。

治酒甜，以少爐灰綿包，懸於酒中。

治酸酒，次日不發，及水米末相入，以蓼一束焙乾置缸底。

酒在缸如酸，急以牡礪灰糁其面，打動，歇三日榨即無酸味。蛤蜊殼灰亦同，只煅蛤蜊殼或置田螺安生瓶中亦得。

泡菊花湯代漿下酒絶妙，酒清而辣。

冬月造酒，才覺凍即勿動，以紙三四重糊單，密封泥之，至春開，其酒極佳。

下酒數日後覺酸，急以灰捄之。

捄酸酒法：用牡礪爲末，入内即轉。

大酒熟，先以竹篘篘之，味勝如榨者。

酒酸，用韶粉一小塊投之罈中，經宿即轉味也。

造臈酒，臘月取水一石，置下罈器中，浸麯三斗，便下四斗米飯，至次年正月十五日，又下三斗米飯，至二月二日，又下三斗米飯，至四月二十八日外開之。其甕但露著不用穰草，則三伏停之不敗。

敗酒作醋，但一斗酒以一斗米合和，甕盛置日中曝之，雨則蓋。待衣生勿攪，待衣沉則香美成醋。

貯神水，立春貯之，謂之神水，釀酒不壞。

酒如酸黄，每罎投宿蒸餅一枚封泥，久之不壞，遂成好醋。

乾蒸餅切成小塊，米醋浸曬數次，用時以湯泡代醋，濕䰞沙擁瓶，可煮酒熟，兩三日出之，勝如湯煮，色清味美，又能療風疾。

烹　飪

湯餅之法，和熟梗去聲。湯寬煮之，時復滴水。

每用石耳，皆於盆中擦不著，以[紅]茶泡湯浸，頃時挼洗，沙盡去。

饅頭後供梅血美者，饅頭包氣，血破氣。古人飲食，皆有所制，一名蒙首，一名籠餅。世人食饅頭，必先去其尖，蓋祭先飯之遺意也。

食包子時，用醋蘸免回氣。蓋包子包氣，醋破氣也。

京師爊蹄肚輩，天色暖回，遇日薄，夜賣不盡，便入漿水浸，來日略入五味鍋煮。

京師煮肉爊雞等，皆著蝦蟆蜘蛛共煮，云無蛆蠅。今市中造饅頭亦是，入蜘蛛者云不壞。

京師賣煮熟豬肉,香味珍絶;煮熳肉,只斷血便止。又是其鍋釜煮肉,早晚不曾斷,便添水,非釜毁不易也。今臨安食有四十年不易之汁,蓋食日久,不斷火,少則加水,率入鍋滿。人家有欲煮物速糜者就之,頃刻而爛,蓋以肉汁而煮肉,相感故也。

京師雜煮,以鵝腸間白腸,其脆勝他腸也。

羊肉,先以漿水浸少刻,入茯苓一塊同煮,則易爛。

煮肉則欲易爛,以定器一片置金中。

夏月急作肉脯,要將遠行,薄批只用鹽醃少時,勿著酒醋,用二物即入食器多自醮。便攤添板上,無不速乾。

時魚須即烹食之,過時較壞,壞時勿棄之,留置瓶中數日,即化爲膏油,以點燈明朗特甚。

熊蹯最難熟,烹時須燈下著皂衣,背面立鼎傍,低項即熟。

校點後記

《分門瑣碎録》，宋温革著。

温革，生卒年不詳，字叔皮，惠安崧林鋪温厝（今惠安縣塗寨鎮温厝村）人，宋政和五年（一一一五）進士。本名豫，因恥與降金的宋將劉豫同名，憤而改名爲革。紹興八年（一一三八），温革被任命爲館閣正字。紹興九年，南宋政權與金政權達成協議，金把河南、陝西一帶歸還南宋。此時，温革已任秘書郎，與莆田人方廷實受命往河南督修陵寢。回朝繳旨時，把督修的情況上奏宋高宗，如實地講出陵寢被金兵損壞的狀況，言詞懇切激憤，高宗爲之淚下。此事觸怒了權奸秦檜。紹興十年十月，温革被貶爲洪州通判。嗣後，調任福建南劍州知州。紹興二十五年，温革轉任漳州知州，後陞爲福建轉運使，終於任上。

《分門瑣碎録》爲温革在任上所著，據史書載，有二十卷。原書已佚，現僅存明鈔本的農桑種藝部分一册，内容涉及穀麥耕種、桑、養蠶、竹、木、花、果、菜、禽獸、飲食等方面，共四百六十四條。根據史料分析，《分門瑣碎録》應該成書於南宋紹興年間。

温革所任職務，大部分在江南，殘本記敘的條目，有很明顯的地域性。《分門瑣碎録》中敘述的物種，大部分福建都有。書中記敘的物種的種植和養殖方法，反映了我國南方的農業生産情況。

《分門瑣碎録》給後人保存了不少珍貴的史料。如關於種竹，業界認爲中國古代的《月庵種竹法》，爲元代所著，現據《分門瑣碎録》，則該書早在南宋之前即已問世。

受時代的限制，温革在編纂《分門瑣碎録》時，不可避免把一些屬於習俗禁忌、術數的東西收録進去。如在"治病果木法"中，記敘把死老鼠"埋橘樹根下，次年必盛”,其原因乃在於老鼠的繁殖能力強,寓多子之意;“果木及皂莢之類初實年,或爲僧尼所觸,終不復實”。又,稱一些物種在種植時,都有忌日:“凡種五穀,以生、長、壯日種者多實,老、惡、死日種者收薄,以忌日種者敗傷,又用成、收、滿、平、定日爲佳。”認爲“凡穀不避忌日種之,多傷敗”。甚至家禽家畜在豢養時,都必須講究物候:“戌不乞狗,亥不養豬,午馬、酉雞、丑牛,皆所屬,若犯之則養不成。”“貓生子,值天德、月德者無不成。忌寅生,及子生人見。”雖無科學依據,卻也反映了江浙及以南一帶一些農耕習俗。

這次點校以《分門瑣碎録》的明鈔本爲底本,在這殘本的四百六十四條記敘中,錯、漏、衍、倒置达四十多處,整理時直接改正。由於此殘本乃孤本,點校者雖查閱了不少資料參考,訛錯之處仍舊難免存在,謹希方家指正。

編　者

二〇一九年三月

二 薇 亭 集

目　録

二薇亭集

九月初四日分得然字

去載羈旅身,千里望群賢。今夕良燕會,况乃佳節前。涼風日已多,歲序日已遷。春時種叢菊,秋花滿籬邊。採之不盈把,泛波清清泉。行樂不易得,貧賤焉可捐。惟當從爾游,吟哦思陶然。

訪　　梅

訪梅行近郊,寒氣初淅瀝。欲開未開時,三點兩點白。清枝何蕭疏,幽香况岑寂。頗知天資殊,絶似人有德。逢君天一方,歡然舊相識。

監造御茶有所爭執

森森壑源山,嫋嫋壑源溪。脩脩桐樹林,下蔭茶樹低。桐風日夜吟,桐雨灑霏霏。千叢高下青,一叢千萬枝。龍在水底吟,鳳在山上飛。異物呈嘉祥,上奉玉食資。臘餘春未新,素質蘊芳菲。千夫喏登壟,叫嘯風雷隨。雪芽細若針,一夕吐清奇。天地發寶秘,神鬼不敢知。舊制遵御膳,授職各有司。分綱製品目,簿尉監視之。雖有領督官,焉得專所爲?初綱七七夸,次綱數弗差。一以薦郊廟,二以淪賓師。天子且謙受,他人奚可希?奈何貪瀆者,憑陵肆姦欺。品嚐珍妙餘,倍稱求其私。初作狐兒媚,忽變狼虎威。巧計百不行,叱怒面欲緋。再拜長官前,兹事非所宜。性命若螻蟻,蠢動識尊卑。朝廷設百官,責任無細微。所守儻在是,恪謹焉可違。君一臣取二,千古明戒垂。以此得重劾,刀鋸弗敢辭。移官責南浦,奉命去若馳。回首鳳凰翼,雨露生光輝。

述夢寄趙靈秀

江水何滔滔，渡江相别離。揖子家舍前，對子衣披披。問子何所爲，旅舍未得歸。執手一悲歡，驚覺妻與兒。起坐不得省，清風在簾幃。平明出南門，將以語所知。過子舊家處，寒花出疎籬。蕭蕭黄葉多，裊裊歸步遲。子去不早還，何以慰我思？

漳州别王仲言

百草各有種，春至不栽培。交情重故知，豈論才不才？相識十年初，再見天之涯。共飲一杯酒，璨若紅顔開。人生有此樂，知復能幾回。契闊歲已深，矧爾病與衰。朔風從何來，吹發枝上梅。天寒日欲暮，又乃行色催。君去江水西，我歸近天台。東西道路長，未可心膂摧。明朝碧雲多，佇思良徘徊。

投一作見楊誠齋

名高身又貴，自住小村深一作心。清得門如水，貧惟帶有金。養生非樂餌，常語一作話是規箴。四海爲儒者，相逢問信音。

江亭臨眺

問得梅花信，寒林動晚聲。雨來山漸遠，潮去水還清。寥落尋新句，歡娱解宿酲。相携歸路滑，燈火近孤城。

同友人登翠麓亭

緩行尋翠麓，凝睇俯清灣。舟楫蘆花外，江山夕照間。天寒雖日短，歲晚亦身閑。高樹梅初發，與君相共攀。

中川别舍弟

中川人語别，南國夜何其。江迥風來急，山低月落遲。纜從前浦遠，角在古城吹。五畝耕鉏地，何當手共犁。

冬日書懷

門庭黄葉滿，園樹盡玲瓏。寒水終朝碧，霜天向晚紅。蔬餐如野寺，茅舍近溪翁。非是分囂寂，由來趣不同。

黄　碧

黄碧平沙岸，陂塘柳色春。水清知酒好，山瘦識民貧。鷄犬田家静，桑麻歲事新。相逢行路客，半是永嘉人。

西征有寄翁、趙、徐三友

窮東逆旅身，薄宦此艱辛。渡水添愁思，看山憶故人。煙昇村落晚，雨過竹松新。昨夜還鄉夢，逢君苦未真。

晨　起

晨起風吹面，朝晴野霧收。高峰多遠見，淺水少平流。世事非難了，塵勞獨未休。今年看鬢髮，已見一莖秋。

送趙靈秀赴筠州幕，予亦將之湖外

郡以竹爲名，因知此地清。溪來城下緑，山到市邊平。入幕非無客，能文必有聲。江湖共遊宦，相望若爲情。

湘　水

湘水幾千里，平流少急一作激湍。數家分市井，列石起峰巒。豈是昔曾到，猶疑畫上看。吟詩身漸老，向此作微官。

泊舟呈靈暉

泊舟風又起，緊纜野桐林。月在楚天碧，春來湘水深。官貧思近闕，地遠動愁心。所喜同舟者，清羸亦好吟。

古　郡

古郡依蠻楚，身來作冷官。老憐兄弟遠，貧喜婦兒安。分菊乘春雨，移梅待歲寒。又傳家信至，入夜著燈看。

憑　高

憑高散幽策，緑草滿春坡。楚野無林木，湘山似水波。客懷隨地改，詩思出門多。尚有溪西寺，斜陽未得過。

送徐照先回江右

骨體先如鶴，離家歲已週。欲知詩思遠，曾共楚鄉游。窮達身將老，分携菊正秋。江西看舊友，歸計少遲留。

别趙黄中

世道難爲友，相期一見中。但念心事合，不在語言同。秋早湘煙白，舟移蓼岸紅。别懷如迥野，長與水雲通。

自　覺

曾學輕騰術，長懷萬里心。江湖雲似水，巴廣石如林。好飲身常樂，無言道更深。丹砂能愈疾，不用化黄金。

題陳待制湖莊

園無三畝地，四海水連天。行向樓高處，却如身在船。野花春渚外，山色海雲邊。一任人來往，兹懷亦浩然。

寄陳西老

長日無吟伴，閑庭佇物華。竹枝斜帶雨，草色净侵沙。風度平生友，鄰居幾十家。前曾乘小醉，訪爾一甌茶。

初夏一作夏日游謝公岩

欲《律髓》作又取紗衣換，天晴一作時起細風。清蔭花落後，長日鳥啼一作聲中。水國乘舟樂，岩扉有徑一作路通。州人一作民多到此，猶自憶髯公。

喜爽上人至

住與佛居近，僧閑稍問詩。湖山明月夜，風露菊花時。達意言常省，微吟步自遲。老來朋舊少，愛爾得相隨。

曉

詩鬢小星星，霜天似水清。風當窗眼入，冰向硯池生。已瘦梅花影，猶乾竹葉聲。夜來天地潔，唯是月華明。

題方上人古梅，房即故道書記所居

曾聽道公語，先師愛此梅。但知傳説老，不記若年栽。半樹枯仍發，疎花晚自開。方兄頭又白，常喜故人來。

春日游張提舉園池

西野芳菲路，春風正可尋。山城依曲渚，古渡入脩林。長日多飛絮，遊人愛緑蔭。晚來歌吹起，惟覺畫堂深。

送戴文子赴定海主簿

江天經雨後，秋意轉新高。還棹送行客，凉飈生細濤。高人初禄仕，判語亦風騷。若到海西岸，佛光盈翠袍。

宿寺

古木山邊寺，深松徑底風。獨吟侵夜半，清一作枯坐雜禪中。殿净燈光小，經殘磬韵空。不知清遠夢,啼鳥在林東。

孤坐一有篇字呈客

晨起猶孤坐,缾泉待一作自煮茶。寒煙添竹色,疎雪亂梅花。獨喜忘時事,誰知改歲華?多君能過此,人裏一作竹裏似仙家。

送翁巴陵

曾識巴陵道,重携印綬過。地偏無會計,俗厚有弦歌。官况湘流碧,詩情楚岫多。梅花送征棹,萬里接陽和。

送張主簿

上世喜同登,論交建水清。故人逢客裏,明日又離情。佳闕東南少,卑官遠近行。秋風分手地,霜葉滿江城。

題石門洞

瀑水東南冠,廬山未足論。飛來長似雨,流處不知源。洞裏龍爲宅,谿邊石作門。修行謝康樂,庵有故基存。

春望

樓上看春晚,煙分遠近村。曉晴千樹緑,新雨半池渾。柳密鶯無影,泥新燕有痕。輕寒衫袖薄,杯酌更須温。

題薛景石瓜廬

近舍新爲圃,澆鉏及晚凉。因看瓜蔓吐,識得道心長。隔沼嘉蔬潔,侵畦異草香。小舟應買在,門外是漁鄉。

夏日懷趙靈秀

古郡草爲城,懷賢隔此扃。水風凉遠樹,河影動疎星。江國晴猶潤,煙林暮轉青。荷鉏曾有約,獨喜帶騷經。

又寄趙端行

庭深自無暑,苔徑復縈紆。賓客不長到,兒童亦可娱。荷花晴帶粉,浦葉曉一作晚凝珠。與爾城闉隔,玆歡想不殊。

夏日湖上訪隱人一作士。

煩一作酷暑何能避,孤舟訪隱人。水鄉菱藕熟,晴野稻苗新一作洲渚稻粱新。爲一作力學師前輩,談空悟宿身。鏡湖三百一作萬頃,不似此湖濱。

山　居

柳竹藏花塢,茅茨接草池。開門驚燕子,汲水得魚兒。地僻春猶静,人閑日更一作自遲。山禽啼忽住,飛起一作走,誤又相隨。

夏日懷詩一無詩字友

流水堦除静,孤眠得自由。月生林欲曉一云日低林欲晚,雨過夜如秋。遠憶荷花浦,誰吟一作憐杜若洲。良宵恐無夢,有夢即俱一作同游。

臘日驪山渡逢故人

天寒多木葉,愁思滿溪濱。惆悵往來渡,經行多少人。時情猶重臘,歲事每占春。與爾他鄉旅,誰當懷抱新。

次韻劉朋一作明遠移家二首

隱居須是僻,君向數家村。自以閑爲樂,何嫌貧尚存。碧波連草舍,白日掩柴門。掛得一瓢在,風來應惡喧。

其　二

恬淡安身易,新家似舊居。遥凉行落葉,池净數游魚。詩得唐人句,碑臨晋代書。半生惟此樂，同輩必無如。

登信州靈山閣跨鶴臺

清游吾有分，渾似昔曾來。野屋憑高住，青山到水回。欲看靈岫遠，須待曉雲開。漸漸生愁思，鄉心上古臺。

投周益公

辭相還家後，清癯帶少顔。易令凡事足，難得一身閑。長日惟開卷，晴天偶看山。只因憂國念，到此或相關。

題李商叟半村堂

住屋半依村，先生氣象尊。若非迎好客，長是掩柴門。覓句行山影，披蓑釣月痕。固窮年八十，惟得令名存。

湘　　中

舊説湘中事，身來又可尋。廟存虞帝迹，江照楚臣心。爲客人俱遠，題名刻自深。春迴洲渚緑，遥望正沈吟。

夏夜同靈暉有作，奉寄翁、趙二丈

齋蔬一作居惟少睡，露坐得論文。凉夜清如一作如清水，明河白似一作似白雲。宿禽翻樹覺，幽磬渡溪聞。欲識他鄉思，斯時共憶君。

書翁卷詩集後

五字極難精，知君合有名。磨礱雙鬢改，收拾一編成。泉落秋岩潔，花開野逕清。漸多來學者，體法似玄英。

檄途寄翁靈舒

聞道長溪令，相留一館閑。便令全近舍，尚隔幾重山。爲旅春郊外，懷人夜雨間。年來疎覽鏡，怕見減朱顔。

大　龍　湫

瀑水數千尺，何曾貼石流。還疑衆山坼，故使半空浮。霧雨初相亂，波濤忽自由。道場從建後，龍去任人游。

送瑞州張知録

歲暮不惜别，君行是宦遊。江西多野水，湖上正高秋。舊友曾過處，新題必共留。官閑可尋訪，竹逕最深幽。

寄　舍　弟

寄問安仁一作寧弟，弦歌又一年。流來溪水遠，清到縣門前。故里人情樂，新居物色鮮。宦歸言話款，正及早梅邊。

秋夕懷趙師秀

冷落生愁思，衰懷得句稀。如何秋夜語，不念故人歸。蛩響砌尤静，雲疎月尚微。惟憐籬下菊，漸漸可相依。

送趙明叔爲漳浦宰

去年官滿處，送子意何如。地接泉山近，人依大澤居。南中繁賦役，美政輯田廬。公退無他事，彈琴更讀書。

送岳州蔣節推

湘水知幾派，到湖相合流。煙深雲夢曉，風静岳陽秋。送子方行役，令予憶舊游。文書時正省，賦咏可登樓。

登横碧軒，繼趙昌甫作

步陟高高寺，徐行不用扶。春天一作天青，一作青天晴又雨，山色有還無。句向閑中覓一作得，茶一作酒因醉後呼。所一作斯懷論未足，何乃又征途一云何遽問征途。

溪　上

十日清溪上，新春細雨天。緑波隨棹起，白鳥近舟眠。麥秀初如草，雲濃半是煙。却愁山路險，明日捨谿船。

梅　坡

淺水低坡幾樹臺，冷光摇動玉塵埃。横斜直似安排得，古怪多應折損來。潔白要需侵夜看，飄零却是被春催。閑來立斷清風影，一片飛香落酒杯。

送徐侍郎南遷

已見皇家日月安，更教遠去不辭艱。若人豈謂元城在，有客先知御史還。風急滿江皆白浪，雨收何處不青山。天心正欲扶宗社，爲報慈闈得解顔。

緑波亭寄泊，晨起有感

塵埃幾泯寸心清，晨起孤吟在水亭。情景淡紅烟景白，近山濃緑遠山青。初因薄宦成羈旅，忽伴輕鷗落渚汀。安得數年居此地，待須長日補騷經。

秋日登玉峰

玉琢孤峰壓富沙，人行峰頂步雲霞。溪流緩去幾迴曲，樹色幽分無數家。翠拂寒煙平似水，紅飄霜葉遠如花。明朝重向城中望，對此孤峰一云對北一松應不差。

壬戌二月

山城二月景如何，行處時時聽踏歌。淡色似黄楊葉小，濃香如蜜菜花多。春容每到晴時改，天氣偏從雨後和。好向溪頭尋釣侶，小溪連夕漲清波。

題東山道院

古院嶔崎石作層,緑苔芳草近郊坰。溪流偶到門前合,山色偏來竹裏青。静與黄蜂通户牖,閑將白鳥共沙汀。道人亦有能琴者,一曲清徽最可聽。

六月歸途

星明殘照數峰晴,夜静惟一作微聞水有聲。六月行人須早起,一天凉露濕衣輕。宦情每向途中薄,詩句多於馬上成。故里諸公應念我,稻花香裏計歸程。

訪湖友

城中日日望南湖,乞得閑來訪隱居。漸有秋霖籬菊長,纔無暑氣渚蓮疎。壁間古畫多賢像,案上塵編半佛書。未見主人逢稚子,不通姓字獨踟躇。

中秋集鮑樓作

秋在湖樓正可過,扁舟窈窕逐菱歌。淡雲遮月連天白,遠水生凉入夜多。已是高人難會聚,矧逢佳節共吟哦。明朝此集喧城市,應説風流似永和。

登滕王閣

重重樓閣倚江干,岸草汀煙遠近間。春水生時都是水,西山青外别無山。雲歸長若真人在,風過猶疑帝子還。自古舟船城下泊,幾人來此望鄉關。

贈趙師秀

游一作薄宦歸來隔幾春,清羸還是舊時身。養成心性方能静,化得妻兒不説貧。竹長新蔭深似洞,梅添怪相老於人。亦知曾見高人了,近作文章氣力勻。

贈徐照

近參圓覺境如何,月冷高空影在波。身健却緣餐飯少,詩清都爲飲茶多。城一作塵居亦似山中静,夜夢俱無世慮魔。昨日曾知到門外,因隨鶴步踏青莎。

新 春 書 事

出門閑步草萋萋,桑柘蔭中亦有蹊。幾樹晴煙鶯囀早,一塘春水燕飛低。空如陶亮官爲令,難學嚴陵住近溪。聖世幸時沾薄禄,不能辛苦又攀躋。

題 養 拙 齋

混沌分來便至今,紛紛巧事日成林。月明未免蝦蟆食,秋至依然蟋蟀吟。自嘆一身全是幻,誰能萬事不容心?到君齋舍清如水,應使凡機盡弗侵。

泊 馬 公 嶺

維舟拂曉步平沙,晚泊雲根第一家。新取菜蔬沾野露,旋編籬落帶山花。門前相對青峰小,屋後流來白水斜。可愛山翁無一事,藤墻西畔看蜂衙。

酒

才傾一盞碧澄澄,自是山妻手法成。不遣水多防味薄,要令麴少得香清。凉從荷葉風邊起,暖向梅花月裹生。世味總無如此味,深知此味即淵明。

梅二首

疎芳點點是春冰,應笑浮華去不停。石畔常來枝易老,竹間瘦得萼全青。孤高自愛香無色,寂寞渾叫影問形。莫遣豐□種宫苑,野橋流水最清泠。

其 二

是誰曾種白玻璃,夐絶寒荒一點奇。不厭隴頭千百樹,最憐窗下兩三枝。幽深真似離騷句,枯健猶如賈島詩。吟到月斜渾未已,蕭蕭鬢影有風吹。

翁知縣歸自湖湘

渺渺秋江帶碧鴉,君來應是吊湘涯。懷人也似居無竹,憂世長如飯有砂。

一袖清風詩思遠，滿庭芳草夕陽賒。還家未覺朱顔瘦，已種湖邊遠處花。

奉酬翁松廬見寄

客路歸時雨似煙，歸來還近菊花天。寸心不到青雲上，一事難成白髮前。風外松聲如昨夕，竹間梅蘂接新年。閑來得句頻相送，自有高人住屋邊。

送劉和州

揚旌遥指歷陽城，霜淡晴天鼓角明。步騎打圍秋草緑，舳艫傳唱曉江平。岸分南北人烟近，地控東南羽檄清。牧守只今非易予，九重淵默待盈成。

過九嶺

斷崖横路水潺潺，行到山根又上山。眼看别峰雲霧起，不知身也在雲間。

題陳西老畫蜀山圖

壁立青山帶峽溪，閑雲盡日自高低。知他春樹深多少，應有青猿在裏啼。

夜凉

夜凉扶杖出山齋，身似孤雲倚石崖。吟就不知山月曉，清風滿面落松釵。

春雨二首

斷橋横落淺沙邊，沙岸疎梅卧曉煙。新雨漲溪三尺水，漁翁來覓渡船錢。

其二

柳著輕黄欲染衣，汀沙漠漠草菲菲。晚風吹斷寒煙碧，無數鴛鴦溪上飛。

夏日閑坐

無數山蟬噪夕陽，高峰影裏坐陰凉。石邊偶看清泉滴，風過微聞松葉香。

丹青閣

翠靄空飛忽有無，筆端誰著此工夫？溪山本被人圖畫，却道溪山是畫圖。

移官南浦作

簿領初爲建水栖，移官南浦又沈迷。溪山轉處人烟隔，唯有黄鸝一樣啼。

秋　行二首

戛戛秋蟬響似筝，聽蟬閑傍柳邊行。小溪清水平如鏡，一葉飛來細浪生。

其　二

紅葉枯梨一兩株，翛然秋思滿山居。詩懷自嘆多塵土，不似秋來木葉疎。

建劍道中

雲麓煙巒知幾層，一灣溪轉一灣清。行人只在清灣裏，盡日松聲雜水聲。

舟過水口作

舟行遥指福城關，天宇開時地勢寬。二百里溪平似掌，一帆風色到懷安。

新　涼

水滿田疇稻葉齊，日光穿樹曉煙低。黄鶯也愛新涼好，飛過青山影裏啼。

新春喜雨

農家不厭一冬晴，歲事春來漸有形。昨夜新雷催好雨，蔬畦麥隴最先青。

春　晚

午風庭院緑成衣，春色方濃又欲歸。蝌蚪散邊荷葉出，酴醾香裏柳綿飛。

漳州圓山

輕煙漠漠霧綿綿,野色籠青傍屋前。盡説漳南風水好,衆山圍遶一山圓。

古陵橋

西橋西岸柳成叢,春去春來歲歲同。偶被東風吹落絮,又隨流水過橋東。

新秋

新秋一雨洗林關,晚色清澄滿望間。風静白雲横不斷,山前又叠一重山。

五里牌邊

路繞山根石磴斜,小橋流水樹交加。柴門半掩無人到,五里牌邊三四家。

書同安舊酒家壁

榕蔭緑滿驛程邊,駐馬難尋舊聖賢。只有好山横迥野,不論朝暮帶輕煙。

永春路

路行僻處山山好,春到晴時物物佳。秀色連雲原上麥,清香夾道刺桐花。

秀峰寺

籃輿晚歇近巖隈,精舍門臨古道開。僧子相逢便相識,十年三過秀峰來。

連江官湖

衆山圍繞渌團圓,官木參差古道邊。行盡濃蔭全不了,一湖飛雨帶輕煙。

九日上懷古堂

山前事迹古來多,風雨塵埃竟若何。惟有白衣秦處士,數篇佳句不曾磨。

補　遺

吾　廬

蓬户閉還開，深居稱不才。移荷連故土，買石帶新苔。藥信仙方服，衣從古樣裁。本無官可棄，何用賦歸來？《東甌詩集》

不　食　姑

惟誦天童咒，飲泉能不饑。只緣多自譽，翻以致人疑。賦質全如鶴，謀生却似龜。緑華通籍後，會報女仙知。《瀛奎律髓》

登薛象先新樓

矮簷風雨送蝸牛，有客來誇百尺樓。闔郡池臺皆下瞰，背城湖海亦全收。清時未放徒高卧，半世胡爲故倦遊。解盡橐金君計决，月明長笛起漁舟。《東甌續集》

附　録

四庫全書總目提要

二薇亭集提要

二薇亭集一卷浙江鮑士恭家藏本。

宋徐璣撰。璣字文淵，一字致中，號靈淵。趙師秀集作"靈囦"。"囦"字即古"淵"字，蓋偶以别體書之。永嘉"四靈"之二也。《宋元詩會》載："璣官建安主簿，龍游丞，武當、長泰令，嘉定七年卒。年五十九。"而陳振孫《書録解題》則曰"四人者，惟師秀嘗登科改官"，意謂三人皆未嘗出仕。曹學佺亦謂二徐皆隱居不仕。今觀此卷中，璣有《監造御茶》五言古詩，蓋爲主簿時作。其《贈趙師秀》詩有"游宦歸來幾度春"之句，七言絶句又有《移官南浦》一首，則陳振孫所言偶然失考，學佺又誤因之也。《書録解題》載璣集一卷，與此本相符。其名《二薇亭集》，則《通考》未載，或亦偶遺也。集後有《補遺》三首，從《瀛奎律髓》、《東甌詩集》、《東甌續集》中抄出。厲鶚《宋詩紀事》載璣又有《泉山集》，今未之見。或《東甌詩集》所載爲《泉山集》中詩歟！

校點後記

《二薇亭集》,南宋徐璣著。

徐璣(一一六二——二一四),字文淵,號靈淵。《福建通志·文苑傳》謂璣:"晉江人,後移永嘉,居松臺里。"生平不詳。據《福建通志》及《四庫總目提要》引《宋元詩會》,僅知其曾官建安主簿、龍游丞、武當令,後改長泰令,未赴。嘉定七年(一二一四)卒,年五十三(一説五十九)。與友人徐照、翁卷、趙師秀同以詩名。因四人之字或號中皆有一"靈"字,時人稱爲"永嘉四靈"。

"四靈"之詩,走的是由重視工巧刻琢的"苦吟"而趨於清淡蕭散一路,帶有明顯的晚唐詩歌的色彩。這是由當日國脈寖微的社會環境所決定的。南宋後期,國勢衰敗,士人命途不濟,往往因不得仕進而流落江湖。他們既不滿於時勢,但又無可奈何,内斂的心態促使他們只能藉助對眼前所見的風雲花鳥細美景物的細膩描繪,在簡淡空明的詩境中,表現内心對失意困頓的人生悲苦的真切感受。對中國古代詩歌的發展而言,"四靈"的貢獻在於促使南宋後期的詩歌冲破了認爲詩只能抒寫"性情之正"的理學思想的束縛,使詩歌重新返回到較爲自由地抒發詩人的真性情、真感受的道路上來。劉克莊評"四靈"之詩云:"近世理學興而詩律壞,唯永嘉四靈復爲言,苦吟過於郊、島,篇帙少而警策多。"(《後村先生大全集》卷九八《林子顯》)洵稱有識之言。

與趙師秀一樣,徐璣也曾任小官,但這並不意味他的人生理想的實現。他以"二薇亭"名其集,即表現出對由無奈而隱居的古之賢人伯夷、叔齊的仰慕。集中之詩歌,從題材和内容上説,大致可分兩類。一是表現對意氣相投的友人相濡以沫的深厚情感。此類詩歌,徐璣很注意刻畫一種失落寂寞、凄切慘淡的氛圍,然後以自己與友人共同的對山林隱居生活的向往來慰藉彼此的窮愁抑鬱的内心。由於詩人在創作上講究鍛煉精苦,往往把真切情感描繪得十分動人。如《中川别舍弟》:"中川人語别,南國夜何其。江逈風來急,山低月落遲。纜從前浦遠,角在古城吹。五畝耕鋤地,何當手共犂。"《秋夕懷趙師秀》:"冷落生愁思,衰懷得句稀。如何秋夜雨,不念故人歸。蛩響砌尤静,雲疏月尚微。唯憐籬下菊,漸漸可相依。"還有一類就是直接通過對眼前景物的描繪,寫人生失意的窮愁,做不平則鳴的掙扎了。此類詩歌,徐璣往往在看似漫不經意的描繪中,寫出這些景物内蘊之凄切,以傳達内心的隱痛,頗具可讀性。如《曉》:"詩鬢曉星星,霜天似水清。風當窗眼入,冰向硯池生。已瘦梅花影,猶乾竹葉聲。夜來天地潔,唯是月華明。"《春望》:"樓上看春晚,煙分遠近村。曉晴千樹緑,新雨半池渾。柳密鶯無影,泥新燕有痕。輕寒衫袖薄,杯酌更須温。"

本次點校以《四庫全書》本爲底本。

編　者

二〇一八年十二月

葦航漫遊稿

目　録

葦航漫遊稿卷一

五 言 古 詩

石軒席上分韻得石字

解衣坐虛窗，夜闌萬籟寂。月出東南隅，照我樓半壁。對影欲起舞，袖短不成拍。浩歌慰心賞，歡聲動金石。拊欄發長嘯，清風生兩腋。吟聲鬼神悲，醉眼江湖窄。吾自樂吾生，光陰似過客。物我打一塊，天地失形跡。山鶴從何來，點破春空碧。我欲從之遊，八荒隨所適。戛然鳴一聲，雲深何處覓？

余用十字爲座右銘，因足成一首

不貪以爲寶，持戒如護珠。暮夜金可納，鬼神不可誣。男兒重氣義，何物分錙銖？渴飲盜泉人，靡靡真凡夫。

咏　冰

群陰正膠轕，結作千丈冰。江河凍欲枯，雪意猶憑陵。舟楫不可濟，水波那能興？世路多風寒，履此何兢兢？本是汙濁流，一合乃許凝。陽氣動地回，陰無間可乘。一旦自消融，紅日東方升。

送沈錬師歸武夷二首

僊骨久已蜕，尚遺空石函。白雲最深處，猿鶴情相諳。松花飢可飧，渴飲寒泉甘。招邀武夷君，清風資玄談。

其　二

焚香禮象緯，步虛聲摩空。升真古洞天，依稀五明宫。寶珠如黍米，懸懸太虛中。錬師於此時,金丹滿爐紅。

念昔遊四首

昔年遊徑山,身在九天上。倚欄少徘徊,八極歸一望。秋容澹如洗,景物呈萬狀。松風奏琴筑,烟嶼列屏障。清遠嘯枯藤,野鶴唳幽曠。僧僮課梵唄,婉娩如學唱。解帶臨西風,灑落無盡藏。緇流亦可人,邀往坐清曠。盤飧飣黃獨,侑之茅柴醸。感師有古意,愧我無酒量。長嘯下山來,一路時膽壯。重作記遊篇,付之覆瓿醬。

其　二

昔遊金山寺,一葦破滄溟。怒濤正拍天,風雨歘晦冥。江豚急吹浪,水面轟雷霆。滿船失顔色,莫辨死與生。此時婁師德,高卧看長鯨。過午忽開霽,濟岸猶登瀛。清風泛我衣,陽光射簷楹。舟人相慰勞,山僧笑出迎。行行金鼇背,月鑑浮空明。波平濛天影,潮静聞經聲。殿閣耀金碧,守護真龍形。繫纜少沉吟,紅輪江西傾。炬火爍江面,直使潛鱗驚。因成一宿覺,問津維揚城。重來知幾時,未計歲月成。

其　三

昔遊虎丘山,滿天飽風雪。氊帽騎欵段,瘦嶺衰草歇。下馬獨支筇,十步八九蹶。石路古木僵,鐵花露土骨。生公何在許?空堂掛明月。衲僧九十餘,持戒常精潔。講經石點頭,奇哉廣長舌。我來欲參請,云無法可説。有井無轆轤,歸去心如渴。

其　四

昔遊半山寺,木落山欲童。秋高嵐氣旺,曉日出曈曨。杖藜破莽蒼,舉步生清風。登堂發一笑,絶倒臨川公。舊像人所祠,新法人所攻。空使百年後,直筆誅姦雄。不知老瞿曇,衲被和頭蒙。是非不到耳,静坐簷蔔叢。自吹無空笛,聖處時一中。我亦有髪僧,誤踏京塵紅。來此欲安禪,懶性學虛空。入門被師喝,歸去成匆匆。

夜夢蒙仲書監作二象笏,與余各分其一,覺而有賦

古人創一物,在理不在飾。持此非備忘,潔白貴彰德。世無骨鯁臣,朝夕侍君側。善惡欠書諫,唾駡誰擊賊?吏進思效忠,官執欲稱職。姦回濁天綍,孰任排格力?願爲顧少連,勿學元友直。上意方簡在,竹符畀泥軾。政成秉介圭,入覲朝北極。簪筆裹紫囊,玉立凛正色。顧余初筮令,寒餓日驅廹。手板非倒持,倚席懼引慝。分我意何厚,榻前便指畫。一夢雖難憑,品秩從此得。毋但嘯西爽,清談更何益?課最璽書來,洗眼看黄勑。汲引會有期,并力扶社稷。

夢黄吉甫

夢傳失之妄,晝冀見而想。原註:《列子・周穆王篇》:"晝想夜夢,神形所遇。"故神凝者於夢自消。衛玠總角時,常問樂廣夢。廣云:"是想。"玠曰:"神形所不接而夢,亦豈想耶?"廣曰:"因也。"豈伊不可懷,而使我心往。山林老顛眴,原註:《詩・東山》:"伊可懷也。"揚雄《美新》文"嘗有顛眴疾,恐一旦先犬馬",眴音縣。數日占黄壤。原註:孫皓曰:"瞑目黄壤,當復何顏見四帝乎?"舟輿來何遲,原註:古詩:"軒車來何遲?"北望屢懺怳。西城薺花時,落魄隨兩槳。原註:《酈生傳》"落魄無衣食業",魄音薄。歲晚舟渚静,水消烟渺莽。原註:柳詩:"日出洲渚静,澄明晶無垠。"躊躕壁上字,期我無乃迂。原註:《詩・揚之水》:"無信人之言,人實迂女。"《左傳》:"子無我迂。"

山中夜聞虎嘯

日落山色黄,樵夫不敢下。風號萬壑哀,鳥雀亦驚怕。人謂斑將軍,此地正争霸。數聲地欲裂,咆哮直深夜。道人鐵石心,慣聽何足訝?若逢萬户侯,羽鏃不汝赦。

僧過澗圖

溪急水摇石,野僧躡石度。寒流漾笠影,歷險無窘步。僕夫後嶺來,木末跡

樵路。蒼茫盼精藍,慘澹没烟霧。憶昔山中行,顧瞻歌陟岵。今猶夢見之,覺乃忘其故。畫師從何知,展玩失毫素。悵然渺予懷,江鄉碧雲暮。

山中聞猿

山人猶未去,空使山猿驚。迎風坐枯藤,吟作長短聲。山猿汝何知,亦有故舊情。人兮不如猿,冷暖隨時生。不見求友鶯,喬木長嚶嚶。

感　古十首

卞氏璧難售,淵明琴本瘖。自衒亦可醜,三獻機轉深。無絃避俚耳,舉世誰知音? 所以古達士,萬事何容心? 勿學卞氏璧,請事淵明琴。

其　二

管蔡厄周公,陳蔡厄夫子。聖人於此時,所俟惟一死。絃歌乃自如,赤舄亦几几。未明周孔心,道統安所恃? 天苟喪斯文,墜地扶不起。

其　三

豫讓口吞炭,智伯頭已漆。報仇須及晨,安用詐行乞? 飲器骨已枯,癩啞特小術。壯士死於義,千古猶一日。棄主事讎人,萬死奚足恤?

其　四

相如歸全璧,范增撞玉斗。爲主心固同,逆順異所守。發怒俱忘身,裂眦欲碎首。此完彼玷缺,盡在一舉手。萬形各有敝,斯名長不朽。

其　五

共工觸不周,荆卿悲易水。所遭雖異時,等爲血氣使。争帝力已窮,報怨反害己。一爲狂夫愚,一爲刺客靡。二者俱無成,三歎而已矣。

其　六

商君金徙木,趙高鹿爲馬。徒欲取民信,疑心隨解瓦。罔民適自欺,何以刑天下? 四維已滅亡,命脈存已寡。焚書火咸陽,斯言信非假。

其　七

四皓隱商山,子陵隱嚴瀨。隱身非隱名,清致一何在? 羽翼若爲成,狂奴滋故態。一出竟奚爲？名被世人賣。所以終南山，捷徑不可再。

其　八

范蠡泛五湖，子房從赤松。功成乞身退，明哲保令終。彼美二丈夫，世異轍則同。此道久不作，利欲塵相蒙。急流不知返，失脚機穽中。

其　九

惠連夢春草，江淹夢彩筆。一夢何足憑？材名繇此出。讀書三十年，僅可變形質。所向如面墻，此語難致詰。何事殷武丁，因夢得良弼。

其　十

杜康精酒法，陸羽修茶經。標致雖不同，均是勞吾形。采薇及茹芝，亦掇天地英。玄酒非麴蘗，或可通神明。天不生杜陸，人間無醉醒。

山中值雨偶成

山中雲氣多，忽合即爲雨。垤鸛鳴一聲，毒龍戲吞吐。翻手覆手間，紛紛不可數。彼蒼難致詰，陰晴竟誰主？此雨只在山，何以澤下土？阿香推不來，借我霹靂斧。斫破太虛空，銀河漏莫補。風雲只片時，一施天下溥。

采采歌

朝采畹中蘭，暮采籬下菊。采采復采采，終日不盈掬。爲憐芳潔姿，忍受紅塵黷。采蘭殺風味，采菊盈芬馥。落英固可飧，何如飽藜藿？秋香亦可紉，何如鳴佩玉？俾爾全其天，得志在巖谷。所以山中人，終身抱幽獨。

次陳芸居問訊後村韻二首

人心真灩澦，世路多殽函。此險久已涉，此味久已諳。易節固不可，貧賤分所甘。浩歌一長慨，書與識者談。

其　二

清夜萬感集，風蕩雲物空。倚樓看星斗，照破泥丸宮。靜觀人世人，顛倒醉夢中。佳趣有誰識？睡覺窗前紅。

後村來書，有此心如珠，有物蒙之之語。芸居有詩，再用前韻二首

襟抱天樣寬，萬象并包函。富貴一蟲臂，此理君飽諳。直語苦如荼，回味留餘甘。吟詩秉史筆，未數司馬談。

其　二

男兒重意氣，咄咄寧書空。笑人愧鄧禹，抵掌隨臧宫。信是心如珠，有物蒙其中。非珠亦非物，點雪付爐紅。

晴　溪

晴溪湛如酒，趙兒中拍浮。羡之不可學，徒倚溪上樓。直下數遊魚，咳唾魚驚愁。偷生幾漏網，爲龍知何秋。

明朝是歲除

明朝是歲除，萍梗身如寄。年光馬行疾，時事令人醉。直語顯官嗔，上書明主棄。但作送窮文，慎勿言災異。

四時月四首

春月如處女，皎皎暮雲間。嬋娟不自衒，欲見乃許難。春雲多變態，玉貌長端端。封姨掃塵匣，略與幽人看。

其　二

夏月如循吏，見者皆歡顔。當此烈日餘，和氣一夜還。龔黄久不作，元在青雲間。欲往從之遊，天高恐難攀。

其　三

秋月如翰林，標致清如許。天上白玉堂，子獨於中處。夜直五雲邊，冰壺了

無滓。幾度醉歸來,安用金蓮炬。

其　四

冬月如御史,正色凝雲端。風霜何凛凛,一見應膽寒。烏飛繞三匝,禁樹相團欒。心術晦昧人,不敢擡頭看。

老母適至,時已見黜

千里迎阿孾,相見翻不樂。微禄期奉親,親至禄已奪。所悲乏故交,何以寓漂泊。向來耿介心,饋遺拒不諾。及兹誰賑恤?俛首念囊橐。空餘聲譽在,未足救飢渴。傳言仁義飽,理豈填溝壑?況因直道黜,自省何愧怍?阿孾幸無憂,兒有平生學。

歲饑,郡行賑恤,過餘杭,呈辛縣尹

山城百貨集,富庶如豐年。市有醉人卧,野無餓莩眠。天目發深秀,餘不原註:平聲。流清妍。山花墮酒琖,水鳥上漁船。禄薄吏如隱,心閒令欲仙。人言風土美,我羨長官賢。何須論赤望,此地稱華顛。

送懷玉之越,謁秋房使君

紛紛人海中,有客面如鐵。前日方遊吴,今日又走越。一身天地間,行役勞歲月。問子去何爲,豈是事干謁?往訪蓬萊翁,欲换詩仙骨。此行遇故知,茂林有清樾。元龍百尺樓,千鈞引一髮。妙年負壯志,三軍不可奪。不見韓致光,虎鬚手曾捋。不見燭之武,雖老更奇崛。一杯壯行色,肯作兒女别。朔風正凝寒,柳已不堪折。贈子一枝梅,掉我三寸舌。臨風語未終,長江櫓聲發。

送方及民罷官東歸

咄咄復咄咄,北地多霜雪。誰能路坦夷,驥足亦遭跌。天風本不惡,鳳翅乃爾折。材大用則小,人巧己則拙。問訊既不通,去就當早决。雖阨阮籍途,難斷張儀舌。木天宜晚開,紫薇遲後發。會有溧水公,薦書來不絶。

邀月坐中庭

邀月坐中庭，清影不可駐。舉酒澆枯腸，落筆欠長句。瀣氣惟沾衣，秋聲遠鳴樹。磕(瞌)睡依危欄，夢斷足幽趣。

山行八韻

山行有奇觀，勝處每自省。振策響巖石，探入烟霞境。洗耳聽泉聲，緩步踏松影。幽鳥吟清風，塵夢忽喚醒。一僧從吾遊，策蹇度峻嶺。山家喜客來，呼兒瀹新茗。班荊坐茅櫚，欵話清晝永。何日遂歸耕，來此謀二頃。

七言古詩

中秋望月呈諸友

長空萬里琉璃滑，冰輪碾上黄金闕。清光爍盡滿天星，桂枝摇落蟾蜍活。故園此夕盡翹首，望殺陰精眼瀝血。烏鵲遶樹飛且鳴，世間晝夜無分別。詩人兀坐冰壺中，清氣蕭蕭透毛骨。玉簫何處招鳳凰，更抱琵琶對風撥。可人來赴今秋期，共舉霞觴酌明月。醉邊且盡今宵歡，後會相望隔閩越。

過大官嶺

大官小官相送迎，閒雲割斷前山青。前山萬仞如壁立，南轅北轍何時停？憧憧來往成何事，中有一路通天庭。天庭走馬平如掌，胡爲此地勞其形？從來大官無險阻，小官跋涉真零丁。道人長嘯烟霞表，祝君一語君須聽。大官小官喜經歷，咫尺前頭是相亭。

晉安城東温泉

女媧補天愁天破，石底千年埋宿火。火蒸泉脈爲温湯，鑿開浴沼涵天光。

美人含羞弄清泚，一朵芙蓉蘸秋水。起來無力著纖裳，冰肌縹緲輕雲香。人間何福能堪此？好與天家浴仙子。曾聞前代有華清，玉龍活動真妃驚。吾皇仁聖格天地，天錫玄符地呈瑞。風雷奔擊鬼神呼，温泉一夕移燕都。

夜聞琵琶

金波西流雲路潔，千星萬星猶點纈。身世如在冰壺中，高卧風欞賞清絶。誰家擬動鬱輪袍，自抱心聲細推説。猝然聞之耳亦清，徐聽令人心欲裂。八音獨有絲聲哀，似此琵琶聲更切。龍香動處絃欲折，自撥一聲三擊節。湓浦有人曾話别，舟中夜聞金縷掣。司馬酒腸剛似鐵，淚珠亦就青衫結。清音巧作聲嗚咽，此器特爲愁人設。韻如寒泉清且冽，安得曹綱同一撥？曲終忽作裂帛聲，萬籟沉沉天地闊。

次韻送水紋簟與芸居

火雲飛空風日惡，展轉吟身何所托？珊瑚爲枕玉爲床，數卷新詩慰寥寞。湘紋曾浸水晶寒，有時纔展生微瀾。持與芸居作清供，百年强健長追歡。何日一樽陪李賀，羽扇綸巾看高卧。

談星林漢留求詩

君貧賣術我賣文，君貧似我貧一分。君挾天盤走湖海，我携破硯登青雲。兩窮相值君莫笑，賣文有時飢可療。天邊一點少微星，會與太陽來合照。

秦氏樓

秦氏樓中雙飛燕，樓前柳絮沾人衣。春風輕薄穿繡幃，抱琴指按黄金徽。鼓終一曲三歎息，思君子兮何時歸？

題葉山甫見惠古琴，走筆以謝

南風之歌久絶響，生民不作聲希想。聲音之道與政通，審音知政惟絲桐。

堪嗟世道多翻覆，幾度桑田變陵谷。摩挲古物憶當年，人在春風和氣天。治世之音安以樂，斯琴當年羽衣作。物换星移閲幾周，不圖今日爲君留。袖來贈與無絃客，得之何啻如珪璧。籀文篆古未爲奇，我思古人珍秘時。古人不可得而見，見琴如見當時面。安得尋聲問夔人，爲吾一洗琴上塵？

子經昔有黄筌玉筍圖，故人陳衆仲題詩其上，後爲人易去，常追憶不已。余往借觀臨之，以歸鄭氏，并識以詩

春雷殷殷盎中鳴，籜龍驚起頭角獰。斕斑裂土穿石出，長鑱斸下津浮玉。山人嗜之比八珍，畫師寫生傳千春。纖纖翠交烟雨濕，山人嘆嗟山鬼泣。玉堂修撰富才情，歌詩贊畫增晶英。春花欲語嬌倚檻，蜀錦魯縞光可鑑。無端五窮睹揶揄，巧偷當面輸陶朱。我從借觀弄毫素，座間一夕珠還浦。自知詩盡(畫)劣陳黄，無人豪奪君無藏。

蛛絲巧

蛛絲雖巧能害物，蠶絲雖拙能利人。害物晨昏一飽足，利人往往害及身。乃知巧者能遠禍，拙者生死常爲鄰。吾寧爲蠶勿爲蛛，所願殺身以成仁。千絲萬縷何足恤，要令寒谷皆陽春。

精衛

子房鑄鐵報韓仇，智者反爲豪俠誤。傾秦豈在博浪沙，繼世自聞嬴業仆。吁嗟精衛亦償冤，一旦奮飛身不顧。銜石填海抑何愚，豈在朝朝與暮暮？精衛精衛汝不知，滄海終有陵谷時。

感興

有絲不繡平原君，有金不鑄鍾子期。此心抱獨無人會，百年只有青天知。青天冥冥不可詰，舉頭當中有皦日。從來天日不可欺，何用區區守暗室？

錢塘潮圖

輕綃淡墨天冥冥,眼中似覺對西興。銀山大浪萬鼓過,海潮逆上江倒行。前年南遊此餞别,親友握手難爲情。酒酣拂袂不忍顧,欹枕仰看雲帆輕。平生浪跡半天下,摇毫掉舌終何成?并州故鄉真可畫,新生白髮星星明。

抱拙以三通鼓爲韻見寄次韻

夜闌缺月浸寒潭,亂山倒影空中涵。此時萬籟寂無語,碧雲鬱結如晴嵐。可人已趁春風去,舉盃對影成三三。割席賦詩鬬擊鉢,舟中醉卧推枕函。紅塵眯目空相蒙,千金市駿輕花驄。何如濃墨恣揮灑,筆鋒掃退江文通。錦繡叢中燕鶯侶,惜花愛作風光主。何如揮麈共清談,朝訪安石暮夷甫。焚香燒燭恣狂吟,管甚鼕鼕催五鼓。

寄嬾庵

天寒日短道路長,白雲飛處知吾鄉。大江之東渭之北,念我故人何可忘?别來楊柳春依依,只今開到梅花香。扁舟漫浪歸未得,京塵海裏安行藏。身名未立仰天笑,牀頭夜夜鳴干將。羡師物外無寵辱,庭前栢樹常蒼蒼。吁嗟無羽飛不到,二千里外空相望。五雲前墜滿室光,報師之意無以將。篇詩濃墨纔淋浪,一聲鴈過天南翔。

葦航漫遊稿卷二

五言律詩

舟中夜聞彈箏

艤舟尋近岸,餘興月明中。鼓瑟人何在?彈箏意略同。聲和隨去浪,調古動悲風。銀甲無由見,清音出繡櫳。

竹夫人

虛心陪燕寢,不受虢秦封。惟有冰霜節,全無雲雨踪。李娥書舊恨,湘女斂愁容。却是專房寵,無人妬阿儂。

泛舟分韻得横字

艤舟迷近遠,鷗鷺許同盟。潮落沙仍漲,風晴浪不驚。一川平野秀,半嶺斷雲横。後約何時再,吟篷卧月明。

湖邊

乍過黄梅雨,湖邊物色饒。水深宜鳥浴,藻密礙魚跳。露重荷傾蓋,風高柳折腰。道人勤借問,此地好漁樵。

山臺赴召

世道今如許,先生亦肯來。一番新詔命,只是舊山臺。心事雲間鶴,詩情雪後梅。諸公興黨論,未可薦人材。

漫　興

大笑出塵間,吟身得暫閒。解衣臨水閣,倚杖看雲山。歸鳥聲如市,騎牛歌更蠻。明邊一點墨,元是野僧還。

遠　眺

袖手獨憑欄,乾坤杯酒間。此心常坦易,何地不寬閒?木落山頭秃,冰堅水面頑。梅花可人意,一見一開顔。

題潘庭堅響玉集後

陛對端平日,雄文四海傳。一登黄甲後,多在紫巖邊。好客時招飲,貪詩夜廢眠。寥寥三百載,先後兩庭堅。

湖

獨坐過湖船,凉生欲暮天。鷗眠汀草亂,魚躍浪花圓。足迹烟霞外,吟聲風月邊。萬緣無所欠,只欠買山錢。

旅中早行

前山風雨暗,欲去路還迷。燭影照行李,鐘聲催曉鷄。年光銷旅況,秋氣入征蹄。如此困行役,何時歸去兮?

還翁雪舟吟卷

世間迂闊者,端的是詩人。獨坐無生計,相逢盡説貧。如君追古作,與我最情親。切莫輕辜負,元龍湖海身。

贈陳通妙

雙成親囑咐,從此厭塵緣。天上黄冠侶,人間紫府仙。金爐行殿曉,玉磬古壇烟。待得蟠桃熟,重逢又幾年。

除夕寄弟

年華今告老,人事亦如斯。漢殿藏鈎戲,戎家守歲時。世情方役役,雨意正垂垂。强作屠蘇醉,椒盤欲頌誰?

和雲心除夕韻

歲除明日是,心事落梅邊。節物催雙鬢,情懷欠少年。桃符依帖寫,竹爆應聲圓。椒頌無人獻,酴酥亦自煎。

贈雲谷道士

身形如野鶴,飛去每離群。玉磬隨緣定,金丹與衆分。渴揺花上露,卧枕谷中雲。傳得九僊訣,修真好似君。

矮道人

白髮蒼顔老,孩童三尺身。向來陽刺史,留得道州人。凫膝應難續,龜趺卒莫伸。朝家無歲貢,流落瘴江濱。

送丁鍊師歸福堂

易東流派遠,千載見斯人。金鼎烹龍虎,丹書役鬼神。形臞心更古,食淡語尤真。野鶴冲天去,空餘華表身。

失脚

失脚江湖久,憂時鬢欲皤。壯心馳北闕,癡夢繞南柯。萬里關山遠,一春風雨多。窮檐茅屋下,忍聽戾㡳歌。

湯惠院以五言定交,用韻以謝

阿邕纔識面,轉盼便回春。藥籠還君富,詩囊笑我貧。學遵東魯訓,句逼晚唐人。五字論交意,吟邊憶李頻。

春郊晚歸

苔錢隨履跡,柳絮點春衣。塔影留殘照,鐘聲出翠微。扶將藜杖去,挑取錦囊歸。緩步微吟久,重城半掩扉。

金粟道人

曾食如瓜棗,蟠桃幾度開。石榴書壁去,金粟滿包來。雲氣侵丹竈,春山入酒杯。步虚聲漸遠,何處覓蓬萊?

散策郊行,有懷社友

散策尋詩料,過從野老家。水寬蛙世界,花暖蝶生涯。翠篠風爲捲,青山雲半遮。懷人千里外,搔首夕陽斜。

寒碧席上薪隱,分韻得初字

心遠塵難到,高堂便讀書。鳳歸巢已覆,鶴去柵常虚。野水平荷葉,清風繞竹廬。静邊生萬感,况復晚凉初。

觀海口占

揚帆飽風腹,望眼無東西。天圍滄海闊,日射崑崙低。魚鼈夜深泣,鴻鵠空中迷。風濤且莫作,心撼神龍棲。

枯崖韻速藏叟和篇

暗塵侵古鏡,抱膝月臺吟。大吕呼不出,小詩留至今。五言詩未下,什襲意何深?莫是推敲了,禪餘自賞音。

和溪翁二首

學僧居丈室,不似客途中。獨榻卧明月,長廊受晚風。書癡成病懶,詩債喜窮工。汩汩塵埃者,吾今愧此翁。

其　二

片帆湖海闊,移纜晉江濱。客思蛩邊老,秋蟬雁外新。同吟兒對榻,獨酌影隨身。暗卜歸時節,修書托便鱗。

燈　花

根頭餘寸草,結作數層紅。預卜門庭喜,非關造化功。開時常入夜,落後不因風。誤被燈蛾撲,從知色是空。

妙覺山用老溪、寶葉二僧韻二首

登山無杖策,元不事依憑。斜照穿林影,行雲礙石稜。鳥啼悲宿草,猿飲掛枯藤。曾着高僧住,何人爲續燈?

其　二

庵居天半壁,古道擬山陰。風勁松鬚落,石高泉眼深。鐘聲清嶂合,幡脚翠嵐侵。二妙堪名世,詩人曾賞音。

凌　霄　塔

浮圖山盡處,八表浩無涯。脚踏雷轟石,眼生陽艷花。天圍連海岱,雲氣雜烟霞。如此真孤絶,學仙能幾家?

答頤齋併呈諸友

陰晴千古事,落在醉吟中。佳句何人續?清樽此日同。幕天浮大白,繡地纈殘紅。江上峰如舊,湘靈曲未終。

答　晚　香

一巢如燕寄,來傍主人居。着脚須教實,圖名却是虛。髭因吟盡摘,愁遣酒能鉏。乾鵲簷前報,天邊有吉書。

次韻答頤齋

雀羅門外設,塵遠市廛居。抱膝吟梁父,摩聲賦子虛。苔錢何用鑄?草帶莫教鉏。世事難開口,休投北闕書。

答青山閣見寄

詩人無俗事,侵曉訪僧居。山近市聲遠,樓空松影虛。畊雲雖有地,種藥恐無鉏。但學觀心法,何須課佛書?

次韻答方元吉

新知如舊識,話久覺情真。雲出壺山早,風行晉水春。家貧因過客,世變爲詩人。曾點龍門額,煩君再問津。

爲續芸賦

芸居老衣鉢,付與寧馨兒。舊種無多葉,生香不斷枝。折芳歸藝圃,臙馥入詩脾。粉省他年事,清名當自期。

青蓮寺避暑

盡日畏炎夏,隨緣到上方。此心無熱惱,何地不清涼?欵話移禪榻,高眠背夕陽。衣巾並枕簟,長帶佛爐香。

驟　雨

神龍奮頭角,頃刻致風雷。雲逐溪南去,雨從山北來。炎涼分枕簟,灑落滿樓臺。物物皆霑足,餘膏及草萊。

贈譚山人

地僻人稀到,柴門鎮日開。依山泥藥竈,累石築經臺。野鶴連窠買,梅花間竹栽。世無真隱者，只此是蓬萊。

夜過蕭寺

尋僧過野寺，清話捧茶甌。幡影風生樹，鐘聲月在樓。梅花薰紙帳，貝葉看銀鈎。爲問西來意，因成一夜留。

長人詩

裙長難掩膝，絶似漢金人。樓志幻全體，天丁現後身。眼高傾四海，力大引千鈞。手挽銀河水，來涓衣上塵。

洪樓分得車字韻

江湖詩境闊，終不似樓居。老怕吟氊冷，生來酒興疎。愛閒隨有鶴，因病出無驢。原註：數日足疾。莫笑柴扉窄，猶堪長者車。

送趙庸齋去國

十年居要路，依舊老書生。公論是非定，宗臣去就輕。群鴉分地噪，一鳳仰天鳴。善類俄星散，何因見太平？

山居二首

懶踏紅塵路，山居世念輕。澆蘭清夜氣，撼竹引秋聲。缺月當欄掛，閒雲貼水輕。不知何處鶴，亦作太平鳴。

其二

山扉風自掩，地僻少將迎。奇字挑燈看，新吟擊鉢成。鳳花開自落，螢草腐還生。静聽鄰琴響，疑調慢角聲。

寄林可山二首

相去各天涯，江湖會面遲。數年不通問，一見便言詩。近世無和靖，今人説項斯。孤山梅已熟,滋味獨君知。

其　二

可人期不至,日日望山孤。不是招吟侶,多應覓酒徒。虛名付蕉鹿,清興動尊罏。見説同川好,能通一葦無?

寄芸居

京塵方袞袞,君獨此安居。竹簡編科斗,芸香辟蠹魚。眼空湖海士,兒讀聖賢書。一樣吟樽樂,公卿未必如。

寄容老

抖擻征衣着,京塵點涴深。羡君有丘壑,愧我未山林。卜隱中年事,懷人静夜心。何時遂歸興,杯酒共清吟?

寄藏叟

版扉常半掩,人静少經過。禪思夜來得,吟情秋後多。月高幡影直,風定磬聲和。何日同携手,雲山訪薜蘿?

寄懷玉

别去未多時,征塵又滿衣。憂時閽屢叩,避俗手頻揮。病有詩堪療,貧無家可歸。半生湖海上,莫忘北山薇。

次同叔見寄二首

歸期何日卜? 鴈不到天涯。謗有書盈篋,愁無地種花。吟梅銷旅况,刻竹記年華。心事憑誰説? 憑欄數暝鴉。

其　二

昔年三笑地,目斷虎溪橋。立雪腰難折,凌雲氣尚飄。乾坤雙轍跡,湖海一詩瓢。樽酒何時共,論文坐半宵。

王用和歸從莆水,寄呈後村

江湖從學者,盡欲倚劉墻。自笑塵埃眯,難薰衣鉢香。薜蘿緣古樹,桃李背春塲。螢爝飄流去,能依萬丈光。

寄 頤 齋

蛙聲喧夜枕,買静入林居。好句敲唐響,清談笑晉虚。素馨和月種,山藥帶雲鋤。閒裏多忙事,篝燈課子書。

寄 月 塘

懷人看皓月,清夢落梅邊。書債閒銷日,吟魂飛上天。爲貧驅宦牒,習懶坐寒氈。但得投簪去,何須二頃田?

寄 敏 齋

地隔馬牛風,村居野興濃。宦情隨蝶夢,吟鬢覺龍鍾。竹外琴三疊,梅邊信一封。懷人不可耐,山水幾千重。

寄適安朝宗

桐陰湖水緑,清氣日盈門。室邇人何遠,官卑道更尊。詩吟唐律語,琴寫古人言。三妙堪名世,無因得細論。

寄王道源

南來趨斗禄,出處最分明。不受吏塵觸,常依古道行。宦情雲樣薄,心事水邊清。待洗巢由耳,欹風聽鳳鳴。

寄 水 竹

吴江江上望,平處少波濤。冬日思鱸鱠,天風落鳳毛。二難并四美,獨立仰三高。秀野曾招隱，清名不可逃。

寄　抱　拙

割席坐春風，清談滋味濃。齊門聽鼓瑟，長樂憶聞鐘。道等千鈞重，詩輕萬户封。梅花今在望，載酒幾時重。

懷　悟　書

秋雁俗離群，懷人幾夜分。吟當半窗月，坐斷兩山雲。旛影無心動，鐘聲出定聞。林間謀隱者，修潔莫如君。

聽宫人琴

群哇方雜奏，忽聽數聲琴。天地有清氣，君王知正音。悲風生指玉，明月照徽金。曾撫昭君怨，宫人淚滿襟。

將之官越上，留别諸友

一官如許冷，况復是清貧。槐市風何古，蘭亭本却真。春行蓬島外，月滿鑑湖濱。想得同吟者，携詩舉似人。

山中歸呈友人

擬結巖邊草，懷君夜夢刀。山林勝朝市，道誼寄風騷。壯志貧難折，吟肩病越高。主人有公論，清氣屬吾曹。

寄西澗葉侍郎

擬立門前雪，來時春又深。望塵思北面，因病負初心。形役猶甘分，腸枯費苦吟。升堂定何日？洗耳聽規箴。

祈　雪

天意憐貧者，冬深雪尚慳。朔風吹黑道，雲氣護青山。色瑞占三白，年豐露一斑。調元人已老,事體頗相關。

和枯崖山居韻

自了塵緣後,山林恨不深。百年渾是夢,萬事付無心。秋月寮中話,清風竹外吟。湖東多勝踐,何日共幽尋?

次馮深居韻,贈原上人

净洗塵埃脚,時來訪道林。但知謀隱是,何用入山深?瀹茗延新話,撞鐘動苦吟。夜分僧出定,静聽海潮音。

次希道弟韻,寄竹院孚上人

閉門商古道,細雨濕青春。屬和卯君句,殷勤已上人。蒲團安地位,秀語發天真。舊日曾同社,吾今愧許詢。

懷枯崖悟師

分携方解制,相約在嚴冬。巖脚日千里,山頭雲幾重。歸裝儂自誤,吟錫子何從?不應天台供,定知游雪峰。

悟枯崖將過莆城參訪後村,書此贈行

吟單何日起?持鉢倚劉墻。蓮社招師入,松陰去路長。白雲迷眼界,明月照詩囊。莫吸西江水,風波不可當。

與瞻甫同訪際書記

銷閒尋静處,古寺與居同。坐語僧窗日,行吟塔樹風。香隨薝蔔化,句到葛藤空。未必西來者,能知一葦功。

約枯崖話

雨中曾折角,策蹇訪僧寮。待約蕉庵住,莫從蓮社招。清風資話柄,流水走詩瓢。行道知何日？同携過石橋。

和際書記見寄

人生隨聚散,水面看浮萍。夢入江湖社,詩傳河嶽靈。兔毫揮月穎,鶴毳落霜翎。未洗塵埃脚,何因訪栢庭?

閒居寄枯崖

地偏人罕到,獨榻擬禪床。欹枕圓殘夢,推窗待晚凉。行雲無定跡,新月不多光。安得君同社,清談滋味長?

贈悟上人

恠來趨向别,乃是拙庵孫。秋色添禪寂,松聲奪俗喧。路行須避蟻,飯剩或呼猿。單鉢隨緣住,尋常懶出門。

崇福寺次枯崖韻

覺城向東際,寺在古松灣。流水意俱遠,白雲僧共閒。新吟呈繡佛,舊夢繞囊山。勘破趙州話,猶疑隔一關。

和枯崖悟上人韻

相逢疑夙昔,不擬定交初。餽我詩盈軸,知君腹有書。空門容不得,吟屬問何如。云是湯休輩,毋令相見疏。

送枯崖歸囊山

江湖無足禁,信步到温陵。借榻同爲客,打包别有僧。禪心如止水,詩句可傳燈。已盡山陰興,歸歟掃葛藤。

松灣訪僧

一關鎖已透,見性復明心。佛屋燈常續,禪房春又深。樓空遺稿在,琴古暗塵侵。待約許詢輩,時來訪道林。

山中訪枯崖歸偶成

尋僧歸路遠,策杖點苔痕。坐醉松間石,行吟郭外村。天風翻貝葉,海氣潤墻根。醉撚梅花笑,心期與子論。

贈巖居僧

清閒消不盡,方覺此身尊。洞古少行跡,山空多燒痕。静知心是佛,生與佛無恩。齋料從誰給,頻齏野菜根。

次韻送黄耑玉歸莆

主人情分熟,客興未應闌。從古知心少,只今行路難。吟身霜竹瘦,歸夢早梅寒。若見潛夫説,官清貧亦安。

倚窗詩

倚窗成小立,風伯爲清塵。簾捲梅當户,雲開月闖人。疎鐘來遠寺,落葉度吟身。無限關心事,棲遲寂寞濱。

雪後

一冬寒意少,既雪又還晴。地面冰初結,天涯春已深。六花隨雨化,三白有梅争。袖手灞橋道,懷人心事清。

雪中雜興四首

六花正零亂,却與雨相和。地面頻頻化,山頭漸漸皤。歌樓寒較少,窮巷積偏多。百卉歸根後,惟松不改柯。

其二

獨坐看詩話,瓶梅相對清。瓦燈寒不暈,雪屋夜偏明。煨栗填飢腹,煎茶長道情。睡魔排遣盡，窗外聽鷄聲。

其　三

怪得簷前溜，原來是雪消。山枯空有骨，水涸不成潮。寒鴈鳴沙磧，飢鴉啄柳條。物情總如此，吟鬢任蕭蕭。

其　四

窮通俱莫問，久遠是前程。涉世事多俗，吟詩人較清。論心欠蘭友，知己有梅兄。不被虛名縛，江湖得散行。

南　雪

南地無寒脉，胡爲雪載塗？草池方積玉，瓦屋又跳珠。魚凍難争水，鴉飢懶哺雛。玉堂與茅舍，隨分有紅爐。

寶　應　寺

來借維摩榻，披襟待晚凉。鳴蜩喧古木，鬥雀墮虛廊。染翰題新壁，移樽避夕陽。二公亭畔路，愛惹芰荷香。

次心泉卜隱韻

誅茅法石巔，知己有青天。猿鶴尋前約，山林續舊緣。烟霞來枕上，風月繞吟邊。窗户多栽竹，相期晚節堅。

隱　者二首

老去絶塵緣，人疑行地僊。釜中惟煮石，囊裏不儲錢。寄迹茅三架，隨身詩一編。雲山深處住，與鶴作忘年。

其　二

種藥滿山巔，山衣木葉聯。有時扶杖出，只到洞門前。擊石求鮮火，敲冰引滯泉。深居聊避世，不爲學神僊。

戊午天基聖節口號

瓣香三舞蹈,咫尺是天顔。雨露涵濡下,風雲際會間。寸心瞻北闕,萬壽祝南山。可是儒氊冷,堪陪玉筍班。

選官圖

百年窮仕宦,盡在此圖中。真假名雖别,升沉理則同。前程如漆黑,未著滿盆紅。時采毋虚擲,平遷至上公。

重九日法輪庵次鳳山韻二首

野眺逾高阪,鐘傳響外幽。僧從孤寺出,客倚一林秋。池上烟飛去,亭皐影尚留。遠風山下起,吹我上層樓。

其二

竟日延荒寺,秋聲不可歌。磬中聞午至,石上見寒過。野鳥心常肅,孤僧鬢已皤。欲歸情不盡,門外夕陽多。

送處遜渡淮謁秋壑

江湖波浪惡,底事欲西征。去作揚州客,來尋賈壘盟。金山迷遠望,玉樹候吟聲。野鶴曾遊處,登臨一愴情。

懷李希膺

病居身懶出,可是故人疏。春後無佳句,天邊有近書。改弦知不遠,製錦定何如。未剗門前草,難通長者車。

山行即事

踏破幾重雲,來尋别墅春。促裝童僕懶,題壁主人嗔。瘦嶺盤山骨,枯藤絡樹身。野花長滿地，不犯軟紅塵。

送松坡下第，調官南歸

同點龍門額，君先賦式微。自憐爲客久，不忍送人歸。受鉞張油幕，行囊富綵衣。江干回首處，雲樹兩依依。

過 棃 嶺 作

山頭日正焚，山脚雨紛紛。石罅疑無地，樹身常出雲。神靈香不斷，天近路平分。星斗迫人句，晚唐詩亦云。原註：章碣《送人歸閩》有“星斗迫人棃嶺高”之句。

和枯崖山行韻

名山僧占盡，甘作老盧能。虎豹何堪捋？虬龍尚可登。吟隨雙蠟屐，醉倚萬年藤。興盡未歸去，斜陽上塔層。

與石壁諸友山行分得山字

藤蘿紆古徑，努力共躋攀。佛屋泉聲落，僧窗雲影閒。經殘香篆冷，盃短錦囊慳。興盡未歸去，夕陽猶在山。

分得臺字走筆

白雲最深處，屐齒破蒼苔。借榻尋僧話，携樽領客來。禽聲喧竹塢，日影過花臺。長嘯下山去，猶傾鑿落杯。

次 周 孏 窠 韻

風月無邊際，吟身樂未央。江湖三寸舌，文字九回腸。竹伴孤高節，梅熏暗澹香。笑他蒲柳質，耐得幾番霜。

次孏窠見寄韻

園丁無擇種，蕭艾雜椒蘭。世俗欠真識，達人當大觀。無絃徒自賞，有鋏莫空彈。獨倚西風立，推敲一字難。

隱真巖次翁景輔韻

山林營小隱，此隱未爲真。遺粟渾閒事，因金却誤人。洞迷歸去路，羽化本來身。後此巖居者，猶言寂寞濱。

過　山　庵

天地一間屋，心安到處家。淡中嘗世味，吟裏足生涯。煨芋頻添炭，烹泉旋品茶。空山無紙帳，夢不到梅花。

觀　　蟻

飽知羶可慕，來往鬥相迎。忙似人行役，多於鴈出征。數行緣壁去，一半上階行。何處堪投宿，相逢細問程。

秋　　夜

欹枕卧明月，西風拂帳塵。病因貧作祟，閒與懶爲鄰。意少吟難足，愁多夢不真。數聲窗外竹，惱殺斷腸人。

端　　硯

中書爲尚友，鐵面迫人寒。易得烏龍角，難逢紫馬肝。石英能比玉，歙好不如端。曾記文闈内，蒙君青眼看。

獨　　倚

獨倚危樓望，清風動斗牛。功名兩蠻觸，身世一蜉蝣。樂道貧何損，吟詩醉便休。静中生萬感，燒燭看吴鈎。

久　　客

久作他州客，飄飄若轉蓬。物華秋色裏，心事杵聲中。讀易因知命，吟詩不諱窮。遣愁猶未了,一鴈叫西風。

俠　　客

仗劍一長笑,出門遊四方。雄心吞宇宙,俠骨耐風霜。豺虎須擒攫,狐狸敢頡頏。大梁二壯士,千古姓名香。

客　　裏

客裏多風雨,征衣不厭重。輕車須穩駕,狹路易相逢。灘淺水聲激,山深雲氣濃。迎人野花笑,絶色若爲容。

和頤齋梅花韻

寒谷有春意,南枝向北山。自經題品後,落在是非間。林外竹相亞,籬根鶴伴閒。折來休用插,恐點鬢毛斑。

梅花窠子

園丁藏密室,不許雪霜欺。火氣十分燠,春風第一枝。橫斜無定影,屈曲漫趨時。人力奪天巧,東君未必知。

落　　梅

謝娥三弄笛,錯恨五更風。樹老餘香少,花殘瘦影空。深堆和靖墓,淺點壽陽宫。結果重來此,方知造化工。

錢塘江待潮

潮至千艘動,濤喧萬鼓鳴。江翻晴雪卷,海漲石塘平。帆影林端見,波光屋上明。青山自吴越,相峙兩含情。

雨中有懷

一天風雨暗,樓外失青巒。枕簟三更夢,襟懷六月寒。酒船知獨載,詩卷爲誰删？咫尺松灣路，思君欲見難。

哭　墓

拜親親不待，事事與心違。萬里有歸日，九泉無見時。愁生新綠綬，淚滿舊斑衣。從此白雲斷，何當慰所思。

題村居壁

何處村居好，山邊况水邊。數間茅屋下，一帶槿籬前。遶舍千竿竹，傳家二頃田。但求安樂法，不必問流年。

書　懷

貧居無外事，圖得念頭清。冷眼觀時政，平心閲世情。好花臨水種，瘦竹傍墻生。自足供幽致，何須隱姓名？

世　途

世途猶炙熱，一雨便成秋。長嘯風生腋，孤吟人倚樓。生涯付杯酒，清夢繞魚舟。壯士悲何事？湖山憶舊遊。

將樂縣

石徑盤千折，林楓大十圍。山如昌化縣，水似弋陽溪。樓閣層層畫，田園種種宜。惜非鄉國遠，有意卜幽棲。

賦玳瑁魚

海靈如許巧，龜貝點成紋。背負十三卦，旁分四六文。殼中藏勺水，身後管梳雲。貴介諸公蜕，何因得似君？

雪　晴

雲解雪初晴，青山依舊青。水涵霜夜月，梅落曉天星。造物無今古，人生幾醉醒？倚樓吟未足，更上武林亭。

懷錢塘舊居

錢塘漂泊久，别後夢連宵。忽聽灘頭水，猶疑江上潮。暗塵侵竹簡，夜雨洗芭蕉。料得蘇堤路，西風犯柳條。

西溪即事

柴門斜對水，一逕鎖松蘿。積雨溪流急，閒雲山占多。村莊留客飯，樵父教兒歌。聽得田間語，安排收晚禾。

憶昔

憶昔歲云暮，狂吟天一涯。江湖聊寄跡，時節最思家。有擔空行李，無盤可頌花。寒梅帶香味，相伴守年華。

題水竹居

雲根無覓處，藏在此山阿。地僻塵緣少，心清詩料多。竹虛元有節，水止故無波。甚欲投簪去，同君住薜蘿。

夜行口占

夜程多晦昧，舉步要分明。肯以中途廢，須尋直道行。心燈長不燼，眼鏡自然清。白晝昏迷者，荆榛滿路生。

病後呈芸居

病骨清於鶴，臨風直欲飛。閒多酬病債，吟苦費心機。帶緩腰圍減，囊空藥裹稀。未能全謝客，扶杖掃林扉。

腰痛

門前齊雪立，因被病相魔。堪佩金魚否，能懸寶劍麽？折非陶令懶，瘦似沈郎多。已辨揚州鶴,其如十萬何?

與杜友定花朝之約

花朝曾有約,來此定詩盟。隱几江湖夢,閉門風雨情。身名千載共,心事一般清。且盡吟樽樂,徂徠不用賡。

桃　源　圖

桃源分二種,半在此源栽。向爲逃秦去,今還歸趙來。山川猶古昔,人物不塵埃。劉阮何爲者,無言空自回。

題葉石軒學僧寮

静坐求心印,傳經續祖燈。因吟呈佛句,方悟在家僧。芸葉熏薝蔔,枝辭剪葛藤。自從罵師後,無話可參承。

高陽山遠眺

龍尋多偉觀,立馬少徘徊。地僻風埃少,天成圖畫開。僅留官驛在,無復酒徒來。一鴈長空去,憑高叫不回。

金　陵二首

龍虎猶盤踞,前頭白鷺洲。爲今形勝地,往昔帝王州。人物金陵古,風煙玉樹秋。六朝羅綺迹,分付大江流。

其　二

掩目新亭路,人言似洛陽。山河多改變,今古幾興亡。有觀空鳷鵲,無臺棲鳳凰。當年足歌舞,不擬是偏方。

南　　浦

脩途無好況,滿面受風埃。見説山窮處,曾經水患來。溪橋横獨木,田野長荒萊。薄暮投孤館,寒猿聲更哀。

次烟浦即事韻

吟帆歸路遠,花雨落紛紛。鷺過山加點,鷗飛水破紋。淡烟依古樹,殘照下空墳。未見巫陽面,高塘韻漫分。

觀碁聞近事有感

盤中無活路,敗局幾番新。好着輸前輩,危機遜後人。静邊閒袖手,窮處巧翻身。黑白無分别,歸歟當自陳。

仙　霞　嶺

未了江湖債,風霜鬢欲華。吟身長是客,旅舍不如家。山色籠晴畫,湍聲漱淺沙。不因韁鎖縶,來此老烟霞。

九　　日

客中逢九日,此日倍思家。野店蒭無味,疏籬菊未花。龍山孤節物,鴈影各天涯。一路看秋色,微吟解嘆嗟。

離　　家

大笑出門去,江湖天地寬。耐貧爲客易,生計靠詩難。日月雙車轂,功名百丈竿。上林有嘉樹,且擇一枝安。

小　吴　園

臨水開門徑,關防俗子來。竹添當户筍,梅老靠墻枝。嵐氣侵衣袂,湖光媚酒卮。主人全謝客,時遣鶴相隨。

集　芳　園

園丁嚴鎖鑰,不許俗人看。梅落黄金彈,荷開碧玉盤。小舟維柳外,青磬出林端。猿鶴不相識,行吟獨倚欄。

元　日

元日復元日,吟邊閱歲華。淺斟浮栢葉,清坐對梅花。人事年年改,生涯步步差。詩情無厚薄,春意又萌芽。

無　塵　殿

劫灰飛不到,人迹少曾來。浪説珊瑚樹,空涵玉鏡臺。洞虚風度竹,泉冷石無苔。汩汩樊籠者,何因避世埃?

春晚遊蔣園次韻

挽住斜陽脚,殷勤向小園。柳眠猶學舞,花笑獨無言。自擬湖山景,親承雨露恩。祇愁人散後,腐草點苔痕。

問陳禹錫太博病

脉虚非别症,身坐蠹魚癡。造物不青眼,江湖此白眉。近年書不至,遠宦夢相隨。遣病無他囑,加餐誦杜詩。

病　後

病髮凋零後,朱顏似舊無。愁多詩債減,貧劇故交疏。風挾砧聲急,雲拖雁影孤。夜來長不寐,攲枕看方書。

哭　芸　居

錦囊方絡繹,忽報殞吟身。泉壤悲千古,江湖少一人。病懷詩眷屬,醫欠藥君臣。脂嶺西風急,興思暗愴神。

元日次韻

纔書元旦帖,清事繞吟身。杖屨堪行樂,簞(簞)瓢不似貧。燈花天外喜,池草夢中春。强飲酴酥酒，陶陶太古民。

浴温泉

萬水皆清冷，温泉獨爾奇。硫黄聞俗論，礜石見唐詩。鷗鷺何曾下，魚龍定不知。無人發根本，空使世常疑。

和梅臞瀑布韻

銀河清夜决，一派落巖前。雷激驚龍蟄，霜飛冷鶴眠。醉鄉思入聖，吟骨欲登仙。世路風波惡，山中别有天。

倚樓

樓高天一握，山入白雲根。寺在牛鳴地，人行犬吠村。晴窗薰野馬，寒木下孤猿。吟罷月初上，詩僧來扣門。

寄梅臞

别去忽經旬，春風閲二分。幾番吟對雨，獨自暗思君。客裏加頻病，愁邊駭近聞。倚欄商不得，心目亂於雲。

寄黄雲心

竹屋少行跡，閉門春晝長。天時半晴濕，人意共炎凉。苔蘚侵堦緑，荼蘼壓架香。冥搜尋杖履，不爲看花忙。

静中

静中天地闊，歲月聽悠悠。往事渾如夢，長江不盡流。蛩吟似懷古，鴈陣去防秋。習得看山癖，終朝懶下樓。

身事

身事未如意，眉頭不暇攢。青衫笑官冷，白屋帶儒酸。癖性生來澹，中年貧最安。不爲温飽計，儘可耐饑寒。

次韻抱拙即事

一嘯立東皐，輕寒侵二毛。曉光浮野草，春色染夭桃。有水池添滿，無雲山更高。清源何日約，掃石共歌騷？

次韻琛庭即事

吏塵飛不到，官况儘凄凉。實貨歸周府，虛名屬晉堂。日移槐影轉，風細荔花香。若問公私事，閒蛙話最長。

一　第

六年收一第，不特爲榮身。殿下拜明主，堂前有老親。衣冠新進士，湖海舊詩人。誤入功名網，歸來負釣綸。

喜郭吉甫擢第，調尉八柱還里

一第全家待，君今衣錦歸。折來新月桂，忘却故山薇。禄近灞呈瑞，官清馬不肥。海門西去路，歸鳥故飛飛。

葦航漫遊稿卷三

七言律詩

頤齋再作催梅詩次韻

但是南枝盡向陽，凝寒未許暗傳香。水邊疎影空浮月，嶺外孤根淺帶霜。北帝無因全漏泄，東君何事巧遮藏？好將羯鼓花前報，莫待狂風破麝囊。

送李茂先去國

榻前一疏犯龍顔，身在危疑進退間。自是直言難見售，却於大義頗相關。孤忠力爲朝廷計，衆望公歸臺省班。畢竟名高人所忌，且移别眼看青山。

嚴子陵釣臺

聘幣凡三到水涯，東都莫是欠人才。當時若使無新室，此地安知有釣臺？魚水相忘身外樂，羊裘曾卧禁中來。桐江一派清如昨，千古高風挽不回。

卧聽

卧聽芭蕉捲雨聲，熟梅天氣半陰晴。幾年不作雲山夢，特地來尋泉石盟。竹杖芒鞋方得意，桃笙葵扇又關情。清和時節如寒食，昨日街頭人賣餳。

次韻山居

夕陽漏影射疎林，三兩人家桑柘陰。鶻過樛開歸鳥路，鐘敲撞碎野猿心。常因境勝甘忘食，不爲家貧輙廢吟。説與門前樵牧者，日間過此可相尋。

送後村去國二首

人言責備過春秋，笑出修門肯怨尤。去國早知如許急，勸君何事莫來休。是非不信無公論，勝負常關第一籌。史筆未青先結局，天刑人禍免推求。

其　二

累疏箋天乞掛冠，此時便合整歸鞍。玉音不許難輕去，局面那知竟未安？但得中朝常有道，何妨右史左遷官。此行不被梅花累，把作尋常物外看。

寄吴警齋二首

去國翩翩又許時，愛君何日不攢眉。二賢出處分明甚，四諫聲名今似之。朝奏一封排佞疏，暮收千首餞行詩。山林若問朝廷事，寶劍年來正倒持。原註：二賢謂潘南夫同日出臺。

其　二

豸冠風采動簪紳，天子如何不得臣。去後赤心常體國，從前冷語頗冰人。好官盡屬時賢做，近事看來局面新。輪轍深依梅竹下，一僮一鶴伴吟身。

九月八日寄孏窠

轉盼重陽在眼前，客中歲月浪推遷。雲飛千里家何處？鴈過一聲秋滿天。節近最關萱草夢，囊空猶欠菊花錢。瞑心九日山頭路，雖不登高亦惘然。

寄默菴

剩得吟身漫浪遊，機心猶在莫盟鷗。一枰碁裏乾坤大，九節筇邊歲月流。涉世間關如履險，憂時感慨似悲秋。但營二頃閒田地，却笑區區萬户侯。

寄松坡

別去京華又一霜，懷人心事暮雲長。高樓不見青山面，明月偏來照屋梁。湖海最深難久駐，乾坤許大任行藏。書生空抱憂時憤，何日與君同較量？

寄適安

别來不作故人書，堪笑癡翁懶有餘。世路每於平處險，交情多是密中疎。梅花至老香猶在，竹節雖高心本虚。門對青山無一事，便教草長不須鋤。

和丘君就見寄

曾坐當年阮籍途，功成何敢嘆桑榆。嚼來世味十分淡，吟得詩腸一半枯。向日有書干北闕，只今無夢到西湖。訪君欲話前頭事，怕被秋風吹病軀。

寄順適

標格因詩總不群，眼前餘子漫紛紛。江頭社裏新知己，文字行間舊識君。心事正須豪傑道，吟聲莫遣鬼神聞。歲寒消得梅花伴，肯共扁舟載白雲。

寄沈迂叟

鴈飛不到瘴江邊，别去而今又一年。放下客愁非爲酒，擡高詩價莫論錢。從來富貴皆尤物，休把行藏問老天。世味料君如嚼蠟，白雲堆裏且安眠。

寄姚省齋

笑俯修欄一欠伸，年來踪迹尚埃塵。幾曾隻字商量酒，强把篇詩料理春。風雨無情鶯口噤，江山有恨柳眉顰。不知桃李成陰未，我欲行吟避醉人。

寄李適安

懶踏門前没馬塵，適安亭上坐吟身。慇懃風月一樽酒，斟酌湖山十里春。柳葉未舒先嫵媚，梅花雖老更精神。白鷗似會冥搜意，來往忘機欲傍人。

寄李希膺二首

醉倚危欄望海鯨，乍看潮落又潮生。眼中世界粟來大，身外乾坤葉樣輕。

鷗鷺行藏無俗迹,魚龍變化詎虛聲。冥搜誤入蠻烟去,衹恐梅花句未清。

其　二

緑玉樽前笑語嬉,青燈影裏坐彈碁。交情又屬後來者,樂事何如初見時。山寺論文辭太苦,海樓握手句尤奇。歲寒不見梅花面,辜負暗香疎影詩。

次秀野使君見寄

分閫南來征弗庭,薦賢須到李陽冰。不從沙漠去投筆,便向雲山學負苓。鈴閣衹今增璽綬,路車何日餙鈎膺? 匣中古劍牢收拾,下取須防有六丁。

寄戴石屏

子入天台我入閩,歸來又見六番春。鴈書乏便通安道,鶴頸長延望叔倫。吃藥未逢醫國手,聽琴誰見賞音人? 年來屢作江湖夢,細嚼君詩當問津。

寄趙西巖

自分男兒未着鞭,龍駒伏櫪更多年。張儀舌在堪謀國,阮籍途窮只問天。彈鋏空歌雲夢句,焚香静讀楚騷篇。吟魂常繞江湖上,莫道閩中無杜鵑。

送謝刑部使君赴召二首

擿奸方喜俗無譁,一札飛來墨勑斜。職業已昇金掌貴,吏民空擁綵旗遮。絳車趣召二千石,輿頌歡傳十萬家。桃李競隨春脚去,僅留遺愛在桐花。

其　二

中和報政二年間,五馬朝天不可攀。南國願留申伯住,東山催起謝公還。銀鈎鐵畫輝棠蔭,玉鑑冰壺照笋斑。名在御屏推課最,前途重見璽書頒。

泛湖晚歸,式之有詩見寄,因次其韻

晚趁歸舟醉復醒,一湖烟水淡冥冥。自憐吟鬢新添白,强學遊人去踏青。

足跡未經龍井寺，夢魂常繞冷泉亭。何時携手同登覽，花滿烏紗酒滿缾？原註：諸友有龍井之約，故云。

蔡司業争公議而去，詩以送之

此舉朝廷繫重輕，先生直以去爲榮。但令天下無邪黨，不願吾曹有令名。模楷昔曾宗李氏，搢紳今盡説陽城。是非公論從來定，少待前頭風浪平。

頤齋詩筒急遞，次韻奉酬

一日懷人三閲秋，白鷗飛去水悠悠。江山磨盡古今事，風雨送來天地愁。蝸喜自沿商隱壁，燕歸錯認仲宣樓。笛聲只在欄干曲，須向西鄰高處求。

再和頤齋見寄

胸懷拍拍貯陽秋，萬里江山思遠悠。自笑半生行酒禁，可能一日免詩愁。圖書圍裏誰分榻，風雨中間獨倚樓。除却知心吾與汝，吟邊何事冀旁求。

立　春

移文火急報花神，好趁陽和去問津。未轉頭間猶是臘，一彈指頃便爲春。梅先得志求專寵，柳亦趨時願效顰。造化但隨人事改，幾回妝點幾回新。

泠風閣

高閣凌雲四望賒，劍城横案俯千家。乘風列子留行館，飛舄王喬有别衙。天女下遊簫引鳳，仙人來宴棗如瓜。溪山勝絶非塵世，帆過真疑海上槎。

西湖懷古

水拍平堤欲蘸天，濯纓人在小橋邊。古今塵世知多少，滄海桑田幾變遷。虓巘勳名無竹寫，孤山衣鉢有梅傳。誰能撰取西湖傳，持到玉皇香案前？

旱　　湖

老天動是一年晴，怪底遊人不出城。湖上幾時無好況，堤邊近日少吟聲。草深盍放牛羊牧，水涸難尋鷗鷺盟。但得孤山梅不死，其他風物弗關情。

晚　眺二首

數點寒鴉過別村，晚來秋色眼中分。木從闕處留殘照，山欲昏時襍亂雲。兩岸草深蟲語話，一汀沙白鳥耕耘。林間僧舍知何處，回首鐘聲遠近聞。

其　　二

幾度徘徊對暮天，懷人珍重寄詩篇。原註：方時父以吟卷見示，是日送還。古今上下幾千首，天地中間八九椽。喚醒吟魂歸濁酒，移將傑句上華顛。南來諸老凋零盡，回首斜陽倍黯然。

次趙同叔春雨中韻

焚香清坐話襟期，絶勝孤篷共載時。曉雨旋添山蕨菜，春風又上海棠枝。蝶隨癡夢飛丹闕，鶯帶吟聲繞墨池。小待陰晴何日定，不成學圃事樊遲。

結　交　嘆

湖海相逢一笑嬉，納交如此豈男兒？論心盡道同蘭臭，臨事無聞伐木詩。管鮑雖貧猶忍棄，左羊至死更相知。歲寒不負松筠約，除却梅花耐久誰。

冬雨即事寄趙默庵

梅尚花時便作霖，兒童造化本無心。保身獨鶴歸華表，噤口群鴉集禁林。物態盡隨時改變，天公不管世晴陰。絶憐西北風寒地，萬騎屯中雪正深。

春日過西湖

百花如錦柳如烟，妝點西湖二月天。便道過從來四聖，扁舟旖旎訪三賢。

錢塘門外蘇堤上,豐樂樓前芝寺邊。箇裏萬般俱索價,惟餘風月不論錢。

九日山拜姜相遺像

別駕元來是重臣,窮通不足累其身。直言悟主成遺恨,勁節如公能幾人。泉瀉冢堂垂鶴淚,苔封碑石剥龍鱗。至今繪像丹青手,難寫靈臺一點真。

次梅莊守歲韻

吟邊闔茸過年餘,萬斛塵襟未掃除。守歲有人獻椒頌,辟邪無術誘桃符。屠蘇不飲防心醉,春帖慵裁欠句書。説與江湖諸老大,浮生消得幾桑榆。

近　事

近事山中總不知,心清常是太平時。勿於貧後方求藥,纔得閒來便賦詩。千里白雲勞夢想,一天明有負襟期。有書堪讀梅堪看,絶倒人間富貴癡。

賀林自知兄登第

賀客來遲休怪余,新篇準備暮春初。群兒得志誠逾望,一第於君非有餘。喜脱平生場屋債,飽看太古聖賢書。由來天爵無窮樂,人爵雖榮百不如。

秀　野

主人風度不塵埃,幻作東西兩洞來。惟有桑田變陵谷,直從心地起樓臺。水于曲處流觴出,山到盡頭留屐回。倦客幾時歸去得,稅園隨分買花栽。

送湯武諭倅吴門

諸賢出處最關時,獨有先生早見機。漢櫃昔曾藏諫筆,吴江今可澣朝衣。剩留千古清名在,帶得一身公論歸。世事如碁吾懶着,敢將局面例言非。

郊行即事

貪看梅花短作程,吟鞭不動馬蹄輕。村莊到處如知己,物色於人亦有情。

去雁遠連潮水落,亂山低與暮雲平。倚欄無語閒商略,此景誰能畫得成?

富沙水後次壁間韻

聚落成墟空白烟,亂鴉飛繞夕陽邊。大江東去有遺恨,流水西來無渡船。青女魂遊花委地,王孫腸斷草連天。一樽欲酹故人酒,知是瑶池第幾仙。

送月塘回藍溪

仕路無媒且折枝,官清不必計高卑。塞翁失馬庸奚損,海客盟鷗盍見疑?世狹有材無用處,家貧擇宦欲何之?藍溪溪上風波少,自把梅花自賦詩。

可山席上

爐亭鎮上坐書癡,不似山居得自怡。傾竹葉杯延舊友,倚梅花樹看新詩。嚼來此味清于水,語對鄉情甘似飴。外此不須談近事,相逢一笑且舒眉。

和抱拙韻二首

關關鳩婦亦收聲,天意猶慳一日晴。槐緑儘供春晝夢,梅黄尚憶歲寒盟。海邊書托文鱗便,户外詩來喜鵲鳴。千里宦情隨處好,秋風何用記蓴羹?

其二

倚樓長笛兩三聲,雲淡風輕弄曉晴。翰墨林中新體製,江湖社裏舊宗盟。不堪甕牖聞蟬噪,獨喜梧岡聽鳳鳴。安得坡僊同把酒,山間玉糁可分羹?

和希膺韻

醉將濃墨寫烏絲,湖海相逢彼一時。洗竹僅留墻外筍,買花空揀擔頭枝。白鷗早已寒前約,青鳥誰知誤後期?惆悵玉簫聲已斷,倚闌重省寄來詩。

和李希膺見寄

半生幾坐阮途窮,可是推敲得句工。所見豪雄惟子共,此音今古更誰同?

西風有檄催行李,明月無情照酒筒。我去君留差左計,媒身豈在泛蓮紅?

有感時事二首

湖濱别去五經秋,喜得閒居無悔尤。華藻不因焚硯棄,功名直待蓋棺休。北山何假移文檄,西事猶堪借箸籌。四海茫茫才思竭,如君尚向古人求。

其　二

近聞怒髮欲衝冠,便有驊騮懶駕鞍。入洛幾年爲計密,擎天八柱果誰安?力排魏闕扶公論,人謂膺門出好官。猶幸甘陵無部黨,不然世事不堪看。

上元觀燈

月掛墻頭楊柳枝,繁燈爛漫玉琉璃。綺羅盡學宫妝樣,歌舞休傳外國詞。滿路競看花灼灼,故京誰念黍離離?他年同侍傳柑宴,記取樓前擲菓時。

題溪亭

借得溪亭一解衣,忘機燕子去來飛。採桑女伴携籃過,罷釣兒郎蕩槳歸。嫩草正芳鵝鴨鬭,淺潮初落蟹魚肥。開門坐對真山水,不信人間有是非。

陳氏溪亭次韻

溪亭鎮日著吟身,不浣衣中一點塵。水比世間機巧者,山如前輩典刑人。唤回魂夢敲茶臼,費盡工夫整釣綸。時有野僧排闥至,炷香清坐話頭新。

溪亭夜吟

繫纜隄邊江水平,風來細細襲衣輕。淡烟幾抹沙痕暗,新月一鈎天際明。錦繡圍中搜野趣,笙歌叢裏和吟聲。酒闌不盡遲留意,後約須尋李杜盟。

元　日

元日山堂羅俎豆,潛知木主亦悲辛。土瓜原註:似薯蕷而稍圓。溪筍非鄉物,臠肉村醪擬降神。盡日閒門無賀客,侵晨官道有行人。喜將弟妹同漂梗,綵服團欒壽老親。

題桃源圖二首

桃溪春水緑如苔,溪上紅桃夾岸開。乳燕掠將芳草去,子魚銜出落花來。田中黍稷隨時藝,雨後桑麻繞舍栽。此日逢人休問語,生涯聞已半蒿萊。

其　二

圖中想像晉桃源,問着桃源不激言。只道亂來無境土,誰知静裏有乾坤?年深莫辨烟霞迹,洞古猶粘苔蘚痕。吟杖懶隨劉阮去,漫尋春色到柴門。

題窗間墨竹

一寸毛錐當小鉏,新篁移傍野人居。難棲天上鳴陽鳳,且伴窗前剔蠹魚。大節肯隨風俯仰,數枝長帶月扶疎。此君本是虚心物,那更形聲總是虚?

走筆和法石紀遊

羸得工夫卧看山,山中地步較來寬。苛留一段乾坤在,耐過幾番風雨寒。吟思正濃頻掃石,醉眸未豁且觀瀾。連鼇已落高人手,却是漁家欠巨竿。

訪枯崖不遇

踏破門前苔蘚斑,尋曦不值只空還。行雲過處青山濕,野水明邊白鳥閒。捫虱有人談古道,揮蠅無路透禪關。杖藜獨背西風去,偶見蒼官亦厚顔。

哭杜立齋先生

鳳鳥纔看刷羽儀,胡爲遽報哲人萎?可憐如晦遄歸日,不及唐朝既效時。善類固知難着脚,小人未可便揚眉。老天欲壽斯文脉,後死當爲繼絶思。

哭趙吏部

篇詩曾送恥齋行,豈料存亡隔此生?早控危衷敷鯁論,晚留遺愛在羊城。

惜無金輅封同性，空有玉棺歸九京。篋笥舊藏君雜藁，令人一讀一傷情。

次郭吉甫梅仙之官廣右

路入天南更向西，春風匹馬赴瓜期。折將官柳送行客，歸及山梅結果時。池上鳳凰身未到，灘頭鸂鶒事先知。徐君曾下陳蕃榻，况是林宗早見推。原註：徐有功時帥廣右。

和止泓姜秦祠韻

九日山頭兩徑深，不同出處却同心。喚回浮世夢中夢，來向先生吟處吟。別駕堂空遺影在，隱君亭破野藤侵。古今陳迹休深問，且把寒泉當酒斟。

西　塔

杖策來尋塔廟僊，半程便到碧霄邊。三千世界浮塵外，百二山河在眼前。誰把孤標長插地，只消一柱可擎天。夜闌籟静憑欄聽，隱隱星河人扣舷。

次韻答王東墅

元龍湖海分棲遲，懶把琴心累子期。不是三生曾有舊，如何一見便論詩？春行谷外鶯求友，月在吟邊鵲繞枝。甚欲買舟尋隱處，悔將名姓與人知。

答頤齋詩筒走寄三首

纔聽簷花點滴聲，錦囊入手便欣情。啼乾杜宇春言別，賦到牡丹詩改盟。洗滌愁腸憑酒遣，揄揚心事借琴鳴。詰朝紫翠欄邊約，喜有溪毛可絜羹。

其　二

剪燭西窗聽雨聲，曉天又弄半陰晴。黄金塢裏知無分，紫翠樓前忍負盟。君有磚花占日影，我慚瓦釜答雷鳴。今朝茹素無清供，喜得鄰分玉版羹。

其　三

緑陰團裏和吟聲，幽事相關雨未晴。莫把越秦分異見，要知李杜是同盟。

提壺沽酒墻頭報，布穀催耕屋背鳴。滿目雲山猶好在，何時鷄黍薦藜羹？

春　日

春事都無十日留，何妨欵段出城遊。榴花不入詩人眼，柳絮偏供客子愁。枝上五禽言似訴，籠中二鼠去如流。斜風細雨湖山路，一片花飛人倚樓。

餞儲秀野赴廣西制司參議

時艱急似捄頭燃，快趁春風着一鞭。人道輕車諳路熟，我疑重閫得君賢。狨衣便帶楊花雪，鶴骨猶勝桂嶺烟。兵畫近來無可議，只消買静向南邊。

交傅德用府教授韻

一握乾坤盡在望，江山好處即家鄉。古今萬事雲來去，身世百年亭短長。夢裹有時曾化蝶，吟邊得意亦亡羊。是非寵辱渾閒事，付與天公爲較量。

送吕時可監丞朝假歸里

局面新更着數寬，如何國手要投閒？逆知後日清流禍，厭作中朝時樣官。兄弟真情求去易，君臣大義學來難。玉音不許違三月，此意應須反覆看。

次雪舟進退韻

誰肯因貧賣寶刀？半生湖海分蹉跎。春回池草吟魂覺，月在梅花瘦影高。旅況又隨年事長，交情偏耐歲寒多。項斯標格逢人説，讀到新詩語更騷。

霸　王　廟

慓悍攻城大不仁，拔山力盡誤終身。當初不學古兵法，到了翻成霸罪人。未造漢時知有漢，豈堪秦後又生秦？咄嗟氣象今何在？千古空留土木神。

張　巡　廟

説著睢陽膽已傾，單師曾此控孤城。一身肯作偷生計，千古長留不死名。廟饗毋忘艱食日，庭松猶學戰時聲。祠前碑記無尋處，賴有唐書爲發明。

葦航漫遊稿卷四

五言絶句

雪　磴

石磴不可攀,前頭有積雪。安得冰玉人,對此清高節?

曉枕聽禽言

山鳥不知名,窗前作意鳴。自言還自答,終始一般聲。

皆　春

黄鐘一萌動,物物皆陽春。天地妙橐籥,滿腔都是仁。

意　亭

主人心地闊,以意名其亭。長攜一樽酒,坐對前山青。

題野雲庵

庵中有高人,不受紅塵觸。吟詩每夜深,來伴山雲宿。

適吾意

嘲風詠月天,問花尋柳地。隨遇可行樂,但欲適吾意。

題陳希夷睡圖

形睡神非睡,心閒身亦閒。是非都不管,高卧華州山。

山館對月

山寺聞晨鐘,深省静中發。展轉睡不成,推窗看明月。

雲思

出岫本無心,雲在意亦在。松檜無高枝,舒卷何所礙。

詠松七首

獨抱歲寒心,不知時有四。赤日行炎天,林下自秋至。

其二

涼飇起深谷,清影摇空山。醉眠石上人,夢中度百灘。

其三

林高動輕籟,雲静天無風。縹緲笙鶴下,依稀鸞佩逢。

其四

蕭蕭琴瑟鳴,灑灑霜露下。願期素心人,同遊明月夜。

其五

高風過巖麓,林杪撼潮海。滿地落松花,杖履襲清靄。

其六

潛心寫幽韻,洗耳聽寒濤。吟聲自摇動,誤疑泛魚舠。

其七

老枝髯鬣動,古幹鱗甲翻。積陰生潤氣,芳菲翳蘭蓀。

春詠

沂水樂吾道,蘭亭叙幽情。古人不復作,四海無吟聲。

耕釣境

莘野特浪耕,璜溪豈真釣? 珍重富春翁,此境最高妙。

用烏山韻題碧吟卷

湖海元龍氣,因吟恐負身。世間無謁客,天下有詩人。

梅

天地有生意,驗之陽氣回。所以霜雪中,春風先及梅。

溪亭夜集走筆

倚柱看潮生,漁歌静中發。吟罷寂無聲,江風對山月。

七言絶句

次松坡梅花韻

滿樹苔痕帶老蒼,水邊籬落月昏黄。丁寧僮子休教折,只聽枝頭獨自香。

寄　越　友

偶向津頭買釣蓑,懷人只隔一煙波。扁舟欲渡長江去,奈此西湖明月何?

寄楊藴古

匹馬遊邊已千里,如何未奏凱歌聲?太平不用干戈策,辜負胸中百萬兵。

題武適安寧卷

聽琴未了聽吟聲,瀉出冰壺一片清。學到唐人超絶處,前身便是武元衡。

問　　梅

費盡工夫點綴春,暗香動處少人聞。近來宫樣梳妝巧,只要明珠不要君。

孤山問梅

每到山邊與水邊，有梅花處憶逋僊。湖光清淺黄昏月，招得先生在眼前。

用韻答寶葉

蒲團出定入玄微，盡是山間林下詩。安得遠公陪一笑，朗吟同過虎溪時？

客星閣二首

太史當年奏客星，知君心事未全清。富春果是真謀隱，千古何人識姓名？

其　二

莫題詩句累先生，將謂先生亦釣名。説與往來臺下客，可移一語贈玄英。

省　墳

紙灰飛作滿山塵，倚遍靈丘暗愴神。日暮歸來殽核盡，松陰猶有乞墦人。

梅花盛開，有粉蝶衝寒而至

翩翩拍舞下瑶堦，知是東君間諜來。深入粉香人不見，花心摇落却飛回。

湖　邊

湖邊春色濃於酒，醉盡東西南北人。獨有詩翁清到底，一生醒眼看青春。

斷橋觀釣

一竿明月一絲風，心在煙波渺渺中。浮世只消如此過，何因得似釣魚翁？

贈易數朱俊甫

三絶韋編及太玄，潛虚象數究先天。前人推算空勞力，不似而今賣得錢。

早　行

曙色微分星漸稀,迎人犬吠出疎籬。輕車穩坐誰知我?不是坡翁戴笠時。

曉　來

曉來對雪看唐詩,自暖茅柴酒一巵。絶勝五陵貴公子,銷金帳下飲羔兒。

贈岳仁叔

不學弓刀破敵圍,却拈刀筆學兒嬉。世間多少真豪傑,飄落江湖人不知。

贈鄭琰

狂風吹覆鳳凰巢,鴟鬼朝翔狐夜號。君有胸中千古鑑,世間妍醜想難逃。

九日雨

避災野老尋蓑笠,送酒人來白衣濕。龍山路滑少人登,籬下菊花含淚泣。

春雨中遣懷二首柬梅臞

滿園桃李漸成莎,爲甚東君氣未和?莫是陽臺貪作夢,晴時常少雨常多。

其　二

蠟屐登山訪草亭,前山未放十分青。清明此去無多日,不信老天長晦冥。

訪戴錬師不值二首

雲淡風輕欲暮時,艤舟獨載剡溪湄。及門若遇戴安道,千古何人更有詩?

其　二

數間茅屋柳成陰,中有幽人抱一琴。欲訪桃谿無覓處,桃谿更在白雲深。

郊外即事二首

蹇驢逐逐背斜陽,纔到山間意便涼。勿聽鷓鴣行不得,雲山深處路尤長。

其　二

林密深藏三四家，隔墻古柳著棲鴉。牧童兩兩眠芳草，不管群牛食豆花。

觀　海

海天雲氣入微茫，遥認潮頭數點檣。眼界只消如許闊，不知何處是東洋？

即席次韻二首

前山雨過碧紋凹，領客携樽出近郊。花壓重城歸去晚，一窗風月恣推敲。

其　二

倚著欄干句便豪，我來登覽奈愁何？山河一半無收拾，却道東南景最多。

和趙同叔見寄韻三首

湖海歸來世念輕，短篷終日載吟聲。天風約住雲來往，萬里長空一雁横。

其　二

滿園桃李手親栽，治世何嘗棄不材？可恨天南流落客，九霄雨露不曾來。

其　三

星星吟鬢已成翁，萬斛塵埃一笑空。自是黄花留晚節，肯將顦顇怨西風。

次韻早梅

枝頭未受雪霜催，偏傍江南暖處開。不是東君私造物，有何憑據作花魁？

遊瑞源訪修上人

羡師儘得山林趣，顧我初無朝市心。欲把山林换朝市，市朝未必似山林。

題寶葉笑端

碧潭秋月句尤奇，擊竹拈花總是詩。説著推敲便堪笑，問師端的笑何時？

與枯崖悟師

振錫歸來又許時，苔痕猶汙坐禪衣。是非不定空懷古，慚愧高人蚤見幾。

月臨關

長笛一聲天地寒，不堪回首月臨關。山河不二無全影，莫説前頭桂可攀。

答林顓民

鏌鋣如此甘埋光，猶向牖下尋筆床。轅駒局促不千里，堂堂七尺空爾長。

野燒

朝見樵人縱斧斤，暮看野火擁紅雲。棘叢怕有芝蘭種，莫把芝蘭一例焚。

不礙雲山

贏得工夫看好山，吟魂飛不到人間。白雲本是無心物，纔得身高便可攀。

題勞勞亭

流水無情去不還，白楊青草滿前山。古今多少興亡事，人自勞勞亭自閒。

楊仲仁爲梅返魂有詩，因次其韻二首

窗草不除生意足，朋谿瓶梅今似之。噓枯苟得一援手，寒暖不問南北枝。

其二

謝娥羌管徒浪説，東君造化何容私？更得孤根有所托，終有結果調羹時。

久雨

桑田萬頃變滄海，四海茫茫不見津。天漏衹今無補處，不知誰是作霖人？

山中逢老人

頭白不知今幾齡,兒時猶及見昇平。可憐野老無知識,却認錢塘是汴京。

世　　路

春山寂寂鎖雲蘿,林外鉤輈聲最多。不是哥哥行不得,衹愁世路有風波。

趙庸齋爲程生作梅窗二字,因爲之賦

作賦何如宋廣平,吟詩誰是老逋清?庸翁不喜詩兼賦,寫與閒人作美名。

題山居十絶

鯨音千里送驚濤,偏爲人間破睡魔。待得耳根清静後,覺來醒處已無多。

右深省

翠眉低拂效宫顰,近水亭臺剩得春。千古淵明扶不起,一枝贈與折腰人。

右柳塘

境於勝處築新巖,中有僊翁换骨函。門户本來無鎖鑰,白雲從此不須緘。

右寒巖

止水中間别有天,濯纓人去自清漣。明珠萬斛歸塵土,不及山中一掬泉。

右掬清

許大乾坤滿世間,管窺蠡測已爲難。誰將一線通天竅,輸與高人著眼看。

右一線天

來尋高處卧吟身,泉石中間避世塵。莫把白雲都占斷,也分一半與閒人。

右雲卧

萬里江山萬里天,沙平雁落遠相連。西風吹斷雲衣細,一葉飛來是釣船。

右平遠

驚濤日夜戰喧豗,危甚瞿塘灩澦堆。穩把一竿臨碧水,三神山上釣鼇來。

右跨鼇

今昨孤山逈不同，逋僊誰與管春風？暗香疎影無尋處，元在泠泠一澗中。

右梅澗

萬仞崗頭着此身，乾坤圍裏盡紅塵。欲知山水有窮處，却是離婁看得真。

右極目

雜　興

蘇堤拍拍水平湖，誰信田間苗欲枯？路上行人方苦熱，山中七月已圍爐。

晚　春

萬紅千紫已摧殘，留得荼蘼一架看。燕子不知人意懶，飛來簾裏訴春寒。

芭蕉花

緑蠟一株才吐焰，紅綃半卷漸抽花。窗前映月人無寐，疑是銀燈透碧紗。

竹　閣

萬竿叢裏立嶒峨，葉葉清風受用多。見説香山老居士，夜深猶唱竹枝歌。

鳳凰臺

臺上梧桐失舊栽，荒丘寂寂掩蒿萊。鳳凰一去不復返，引得鴟鴞向此來。

題劉氏東陵圖

昔日青門喜種瓜，尚遺種子在天涯。如今落在劉郎手，劉邵原來自一家。

秣　陵

山自青青水自流，五雲猶繞帝王州。誰將千幅鵞溪絹，畫出東南一片秋？

夢　中

忽思十數年前事，只似今朝昨日間。堪歎夢中猶有夢，浮生能得幾時閒？

衆芳所

接羅倒著醉花傍,染得衣巾一味芳。説與園丁嚴鎖鑰,免教韓壽去偷香。

端午

畫舸縱横湖水濱,綵絲角黍鬥時新。年年此日人皆醉,能弔醒魂有幾人?

竹塢

洗竹可留三數竿,清風葉葉掃詩壇。莫言此是藏春塢,也有虚心管歲寒。

題楊妃上馬嬌圖

並轡行春沉醉歸,侍兒扶上繡鞍來。君王微笑回眸看,肯信嵬坡掩面時。
按:此詩出韻。

曹娥廟

黄絹碑殘香草生,當時淚眼不曾晴。至今流水聲嗚咽,猶是曹娥哀怨聲。

雨中看花

頑雲癡雨霸春寒,李白桃紅總失歡。試問東君因底事,却來花上作艱難。

瓊花

潔白全無一點瑕,玉皇勅賜上皇家。花神不敢輕分拆,天下應無第二花。

碁詩

局面年來竟未安,一番下著一番難。衹今黑白無分别,輸與傍人袖手觀。

寄意三絶

燕樓猶在月明中,還却明珠淚掩紅。青鳥不來雲路隔,碧桃無復舊春風。

其　二

塵滿胡床淚滿衣,深閨寂寂鎖相思。一春幽恨無人共,手撚梨花腸斷時。

其　三

井底銀瓶事已非,鴛鴦打散鴨驚飛。千金莫試秋胡婦,持向青樓買笑歸。

走筆次月夜頣齋見寄

抱琴時作醉翁吟,吟罷霞觴對月斟。客有可人期不至,相思隔斷暮雲深。

倚　樓

月明獨倚異鄉樓,北望天涯幾許愁。故國不歸人意老,無情汴水自東流。

聽竇圭琴

指按金徽星斗寒,試聽一曲話悲歡。妙音怕入時人耳,携入白雲深處彈。

元　宵

緩轡歸來看夜城,千門燈火照街明。自疑不是乘槎客,却傍銀河星斗行。

太真卧病圖

鬟蟬彫落柳眉顰,慚愧三郎不見嗔。一病早知尸解去,定無羅襪墮邊塵。

次枯崖問病韻

病餘已覺二毛侵,湖海詩盟亦懶尋。無奈壯懷生萬感,黄昏枕上聽蛩吟。

元　日二首

大書春帖當桃符,吟對窗前梅一株。湖海相逢無老少,莫分先後飲屠蘇。

其　二

緑蠟紅紗滿路新,翠眉蟬鬢往來人。榕陰門户香如霧,十二天街無此春。

征人婦二首

候蟲唧唧話人愁,鎮日思君懶下樓。鴻雁不來邊信隔,時憑乾鵲噪欄頭。

其　二

西風吹老碧桐秋,因念征夫事遠遊。獨倚小樓重回首,飛來一葉是何舟?

夜坐冥搜聞吟聲

青燈耿耿透窗明,一字推敲睡不成。只道衰翁自迂闊,隔樓亦有苦吟聲。

南　雪

半生道路困風沙,冰雪騣騣到海涯。鉏却舊時桃與李,滿園多種木綿花。

觀西淙千丈瀑布二首

泉聲一派迫人寒,疑有癡龍在此間。聽了西淙三日雨,不知天下有廬山。

其　二

萬斛明珠萬疊雷,分明激破白雲堆。何因捲上銀河去,莫放瀨溪橋下來。

錢塘潮圖

吴縑半幅浪如堆,開卷晴窗殷地雷。一見野人心目爽,中秋曾看夜潮來。

烏衣巷

飛雲當日未停驂,巷在秦淮水以南。可笑異聞唐小説,餘風猶襲晉清談。

翡　翠

毛羽生來便屬人,悔將體段鬬精神。寄言翡翠休驚訝,但是文章盡累身。

晚　静

當日濂翁此讀書,自編小説愛芙蕖。方池静植香清遠,便擬蓬萊小石渠。

芭　蕉

爲愛芭蕉緑葉濃，栽時傍竹引清風。近來怕聽愁人雨，斫盡簷前三四叢。

翠　凉

千章古木影蕭森，未必山林如許深。纔見眼前成緑暗，一年又負種花心。

題壽星寺盃泉

勺水原來亦自多，便盈科後要如何。老龍豈是盃中物，放出長江與大河。

遊九日山

散策來遊九日山，松風細細襲人寒。菊花過了重陽節，自是登高興未闌。

夜泊朋溪釣隱

借得溪亭暫解鞍，溪亭擬作釣船看。不應隱處近城郭，未必終身把釣竿。

呼　猿

前度寒林去不回，洞門今爲小猿開。不因擲果爲香餌，未必人呼肯下來。

天竺呼猿

眠雲嘯月走枯藤，不是園丁叫不譍。自戀香林不歸去，前生恐是住山僧。

睡　猫

瓶中斗粟鼠竊盡，床上狸奴睡不知。無奈家人猶愛護，買魚和飯養如兒。

桃源圖

誤入僊源不記春，花間一見喜津津。可憐塵迹空遺恨，一樹桃花經幾秦。

山行逢樵者

鶴髮童顔歌負薪,衣襟不染一凡塵。擔頭幾點桃花片,恐是當年避世人。

次適安感古二首

少陵合與古詩班,不是詩家持論寬。風雅近來隨世變,詩無可採不須官。

其　二

二南風化盛行時,里詠塗歌總是詩。採到春秋無可採,獲麟以後更堪悲。

次黄瑞玉石鏡韻

鑿出巉巖似鏡形,年深剥盡蘚痕青。世間更有磨塼者,欲借鉗鎚與五丁。

送友人

纔到離亭淚滿衣,雲山千里夢相隨。石州一曲陽關酒,審約歸來是幾時?

和宫怨

斜日倒穿龍尾道,楊柳半枯秋色老。翠華西幸華清宫,長門落葉無人掃。

宫詞十首

漢宫春色傍黄昏,曾謁金門奉至尊。月上海棠人寂寂,焚香百拜感皇恩。

其　二

垂楊枝上喜遷鶯,梅子黄時雨乍晴。幾陣薫風穿玉殿,真珠簾内有歡聲。

其　三

錫宴山亭車馬回,三千宫女醉蓬萊。遶池遊唱逍遥樂,自折紅蓮一朵來。

其　四

深夜遊宫玉漏遲,侵晨鶯囀上林時。無端蝶戀花心動,摇落東風第一枝。

其　五

夜合花開笑語聲,敢將薄倖訴衷情。祝君聖壽千秋歲,妾願年年引駕行。

其　六

美人戚氏出椒房,金縷衣成八寶妝。夜静綺羅香度處,瑶臺月下滿庭芳。

其　七

瑶花飛處憶瑶姬,一日傾杯十二時。青玉案前呵凍手,推窗自塑雪獅兒。

其　八

通宵銀燭影摇紅,坐對孤鸞伴守宫。空有婦人嬌態在,眼兒薄媚怨春風。

其　九

桂枝香裏立多時,忽見傳言玉女來。報道太清歌未徹,何妨愛月夜眠遲。

其　十

一自長門芳草生,六宫怕見柳梢青。玉樓春盡君王懶,大小梁州不忍聽。

玉泉觀魚

一潭秋水净無塵,付與群魚樂性真。鎮日倚欄看未足,豈知滄海有修鱗?

秋　聲

秋本無言那有聲?不然風過物飄零。此心袛在人心做,説與行人莫誤聽。

飛來峰

山染西湖水漾青,孤高長對冷泉亭。飛來何不飛將去,空與山僧作畫屏。

快倚亭

築得危亭倚太空,品題曾屬考亭翁。著身高處不知快,多少池臺在下風。

恭和皇帝宸翰四絶句

憑高望殺舊山川,萬里雲迷不盡天。汴水流經淮泗去,更無人買北歸船。

其　二

中興盛事記磨崖，上有千年苔蘚花。世變幾經流水去，山邊猶有漫郎家。

其　三

放鶴山中訪野梅，南枝開了北枝開。花神不作趨時態，也待鑾輿親幸來。

其　四

御溝鎮日水潺潺，安得流紅到世間？三十六宫新雨露，春風長繞八盤山。

次芸居無題韻

身似浮雲不定棲，倚欄覓句聽鴉啼。洛陽紙價新來貴，吟得詩成就壁題。

寄方南湖

風雨中間奔客程，征衣濕盡尚慳晴。可人不見空惆悵，拍拍一湖春水平。

次韻順適遣寄

擬折芳馨遺所思，要將心事共謀惟。暮雲遮斷松江路，得讀夫君别後詩。

遊小身巖

千古巖限迹未塵，幾多斧鑿幻全身。金身丈六猶言小，絶倒侏儒世上人。

瑞香花

生處多應散紫芝，清香端的與梅期。梅花剛被人描畫，却是清香人不知。

劉項祠

二祠相望幾春秋，祀了龍顔祀沐猴。章戴溪南梨嶺北，不知何處是鴻溝。

客　裏

客裏吟詩幾歲寒，歸來依舊客衣單。一冬不見孤山面，只買梅花帶雪看。

水　樂　洞

媧皇昔日奏鈞天,一派清音知幾年。寄語山靈好收拾,不須留與世人傳。

遊水樂煙霞二洞三絶

此是遊山第二回,天風吹斷洞雲開。人生到處須行樂,不爲尋梅亦自來。

其　二

愛山分席坐松陰,草草盃盤慰賞心。水樂不鳴天籟寂,數聲幽鳥和清吟。

其　三

象鼻峰前得少留,煙霞風景記來遊。等閒拂石題名姓,惹得青雲上筆頭。

景陽宫井

隋師已迫長江滸,玉樹庭花曲未終。千古龍鸞有遺恨,胭脂井上至今紅。

過桐江三絶

解纜移舟浰水濱,晚潮初落岸痕新。酒酣卧唱江南曲,月在篷窗冷照人。

其　二

客星何預漢中興,枉把虚名累子陵。千古釣壇如壁立,先生去後少人登。

其　三

流水高山得趣時,好音政不要人知。絶絃此意誰能會,未必盡因鍾子期。

用韻送驢與源谷

長耳追風走似流,黔人空使載驢舟。巾箱欲置無容處,來與騷人欵段遊。

十二月十五夜雪

聽得窗前雪打聲,起來眼界甚分明。從前浪説豐年瑞,三白如今始作成。

元宵雪

燈火樓臺白玉鋪,這般祥瑞不如無。誰能斷取維摩手,畫出元宵踏雪圖。

次卓仁夫元宵雪中三絶

姑射神人雉扇開,三千玉女擁瑶臺。十分散布猶嫌少,萬斛明珠抖下來。

其二

風急梅花片片飛,遊人星散市聲稀。翻思往日西樓約,不至天明不肯歸。

其三

繡簾直下整雲鬟,歌舞叢中强自歡。興盡歸來太多事,不如高卧學袁安。

古意

流水滔滔去不回,好花能得幾時開?丁寧莫剪門前竹,留兩三竿待鳳來。

秋意

淅淅西風響敗欄,梭椆一夜戰聲乾。壯心肯逐悲秋老,自剔青燈把劍看。

吴、潘二臺官以直言左遷,董夕郎亦以薦賢之故,相繼翩然而去,公論惜之。三學叩閽來歸,劉聲伯感而賦詩,因次其韻二首

三鳳高飛挽不留,轅駒仗馬轉堪羞。明朝封事排閶闔,公論從來在士流。

其二

風采纔看聳栢臺,如何又遣賦歸來?晚年造物多顛倒,雷發原來是禍胎。

觀道君御書

帶草行書十數行,也隨匹馬到錢塘。傷心一幅槐黄紙,猶染宣和御墨香。

鄰　　雪

萬玉叢中願卜鄰，世無和靖莫相親。石橋春澗留衣鉢，端的先生是後人。

含　章　殿

千古風流説壽陽，梅花飄落粉猶香。寄言長信宫中女，莫學當時亡國妝。

靈　和　殿

靈和殿下三眠柳，舞盡春風入畫圖。記得風流年少事，青青還似舊時無？

晚梅次韻二首

準擬和羹滋味成，如何尚帶隔年英？春風可是無分别，遣放夭桃相並生。

其　　二

年少叢中最老成，春風一點尚留情。先生早晚調羹去，説與群兒莫浪争。

懷林梅臞

梅花寂寂幾黄昏，見説青氈屬耳孫。欲訪咸平舊香影，無僮無鶴暗銷魂。

落　　梅二首

花本無情却有情，誰將開落擬浮生？盈虚自是天機事，錯認樓前羌笛聲。

其　　二

南枝不與北枝同，及早開時及早空。莫笑北枝開較晚，前頭畢竟有春風。

尋　　梅

因探梅花踏曉雲，隔墻時有暗香聞。枝頭纔漏春消息，便帶春愁一二分。

題高伯壽墨梅二首

纔見梅花喜溢眉，無聲詩索有聲詩。自從即墨移來種，莫辨南枝與北枝。

其　二

生來潔白本無瑕,翦雪裁冰擅一家。堪歎俗流剛點涴,故將水墨寫梅花。

閨　情

寶鏡愁看淚臉紅,銀瓶冷落若爲容。夢魂不怕關山險,飛過巫山十二峰。

閨　怨二首

君居楚尾妾吴頭,咫尺天涯作許愁。多謝有情江上月,夜深分照兩家樓。

其　二

别後妝臺鏡懶開,倚門日日望書來。西風吹過衡陽雁,雁已歸回郎未回。

雨中有懷

幾度懷人風雨中,篝燈坐待鼓三通。寸心同指長江水,君向西流我向東。

豆　粥

豆白宜烹玉糝糜,絶勝雲子雪翻匙。蕪蔞亭上冰霜裏,曾與君王療一饑。

祕書省墨竹

寫出此君真面目,筆端造化少人知。我疑與可今猶在,安得東坡共賦詩?

聞西事有感

春水方生秋又殘,上流無處避風寒。杜鵑飛向東南去,怕見如今蜀道難。

桐廬縣

富春山下桐廬縣,江水縈迴千萬峰。縣宰何人真解事,做官來向畫圖中。

徘徊花

獨擅春花掩衆芳,薔薇水洗内家妝。可憐清氣無收拾,惹得閒人衣袖香。

秀　野

世路荆榛日日深，山居抱膝且長吟。便教定亶無公論，不到風聞松竹林。

贈張南金談星

迺祖乘槎去復還，君平饒舌世人傳。天機不道因渠泄，更遣雲仍學算天。

談星陳炎發求詩

從來此物最瞞人，術好多爲造物嗔。若把天機全泄漏，罰教甘石一生貧。

讀後村梅花百詠

曾被梅花累十春，孤山踪跡斷知聞。百篇依舊相嘲弄，却恐梅花又怕君。

不如歸去

禽言自是不分明，誰信西川帝子靈？千古傳訛無訂正，至今春晚誤人聽。

江郎山二首

巫山有石稱神女，何事江山亦號郎？豈是世情强分别，從來造化有陰陽。

其　二

觀盡千山與萬山，幾曾得似此峰巒。誰能移向西湖上，併與西湖一樣看？

雪中有感

閭閻愁歎不堪聞，風雪如何更作嗔。白玉樓臺銀步障，只宜富貴不宜貧。

附　録

四庫全書總目提要

葦航漫遊稿提要

葦航漫遊稿四卷《永樂大典》本。

宋胡仲弓撰。仲弓字希聖，清源人。其生平不少概見。惟集中《一第詩》有"衣冠新進士，湖海舊詩人"之句，知嘗登第。《夜夢蒙仲作二象笏詩》有"嗟余初筮令"之句，知嘗宰縣。《將之官越上留别諸友詩》有"一官如許冷，况復是清貧。槐市風何古，蘭亭本卻真"之句，知官在會稽。《老母適至時已見黜詩》有"千里迎阿孀，相見翻不樂。微禄期奉親，親至禄已奪"之句，知不久罷歸。《雪中雜興詩》有"不被功名縛，江湖得散行"之句，知被斥以後，浪跡以終，故以《葦航漫遊》名稿。其行事則不可考矣。

仲弓詩名不甚著，惟陳起《江湖後集》録所作頗夥。然校以《永樂大典》分列於各韻下者，起所選之外，遺佚尚多。今蒐采裒輯，編爲四卷，雖未必盡睹其全，視起所編，則已增益者多矣。

南宋末年，詩格日下。四靈一派，摭晚唐清巧之思；江湖一派，多五季衰颯之氣。故仲弓是編，及其兄仲參所作《竹莊小集》，均不出山林枯槁之調。如七言律中《旱湖》一首，當凶祲流離之時，絶無惻隱，乃云"但使孤山梅不死，其餘風物不關情"，尤宋季遊士矯語高蹈之陋習。然吟詠既繁，性情各見，洪纖俱響，正變兼陳。苟非淫慝之音，即不在放斥之列。詩家有此一格，固不妨使之並存，亦録唐詩者不遺周曇《詠史》之例也。

《永樂大典》所載，别有《漫遊集》一書。核其體例，蓋採宋、元兩代之作匯爲總集。當時校讎未密，朱書標目，往往與此集混淆。今並考校姓名，删除訛異，不使與此集相亂，庶幾猶存仲弓一家之體，不失其真焉。

竹莊小稿

目　　録

竹莊小稿

宫　　怨

淚粉羞臨寶鑑前,淡妝争似舊嬋娟。一言曾忤君王意,閉在長門十五年。

寄竹院方丈孚師

江湖歲月易銷磨,振錫歸來鬢欲皤。性懶吟編多散逸,門閑俗客少經過。虚欄破處懸蛛網,落葉空中見鳥窠。一片師心誰會得? 半窗竹影緑婆娑。

郊行暮歸

吟罷歸來興欲狂,重城半掩傍昏黄。鐘聲遥動山靈答,月魄未高人影長。竹葉淺斟杯量窄,梅花滿插帽簷香。不妨竟日酬心賞,纔到明朝事又忙。

偶　　得

欲問梅花信,山寒去未能。静思天外句,坐對夜深燈。戒酒頻添衲,煎茶旋鑿冰。月殘霜又落,無復叩門僧。

醜　婦　吟

君不見,漢殿丹青未漫滅,馬上琵琶向誰説。又不見,華清舞破霓裳衣,淩波竟墮嵬山血。從來艷色多累身,妾貌雖醜心自悦。幽閨到老無人知,白髮如絲鏡如鐵。

晚　　雨

勃姑鵶舅叫樓西,春色陰晴景不齊。濃墨四垂收未起,明邊一片夕陽低。

端　午

千年流水去滔滔，此日人來弔汨羅。江上畫船無買處，閉門風雨讀離騷。

山 中 作

村居便野性，况復是清秋。爲愛山間好，因成旬日留。林深喧鳥雀，露重滴松楸。昨夜新寒入，篝燈覆弊裘。

入京第一程

六載館杭州，重來訪舊游。山中纔過雨，客裏又驚秋。嵐氣蒸衣濕，泉聲激石流。功名苦行役，羞見渡頭鷗。

道中早發

未曉催行色，微吟獨據鞍。露垂星影濕，月淡水光寒。犬吠知村近，鷄鳴覺夜殘。親闈在何許，誰念客衣單？

秋晚泛湖

載酒湖邊買小舟，水光山色解人愁。短籬寂寂菊花晚，兩岸蕭蕭楊柳秋。落日波間收戲鼓，暮煙林外出歌樓。倚欄長嘯西風裏，驚起前汀雙白鷗。

試後書懷

踏徧天涯路，春三秋又三。文章與時背，言語對人慚。湖海氣何餒，山林分未甘。閑僧時過我，揮麈共玄談。

夜坐偶成

一字吟難穩，沉沉夜向闌。燈明妨短夢，衣薄犯新寒。千里家山遠，三年客路難。明朝有佳便，尺紙報平安。

送諸葛春卿還里

扁舟分袂出湖濱，我向吴中君向閩。自笑吟身猶是客，却來遠道送行人。家山會友憑傳語，旅舍逢詩爲拂塵。天北天南相憶處，梅花毋惜一枝春。

得　家　書

手剥鱗緘細細看，北堂垂白喜平安。爲憐客裏多霜雪，寄得衣來正及寒。

雪　晴　泛　湖

雪後湖清淺，令人心眼開。林疏知寺近，冰合礙舟回。寒色欺吟鬢，斜陽入酒杯。山行已清絶，况復是尋梅。

春晚見山茶花一枝獨開

荼蘼開盡見山茶，血色嬌春帶雨斜。莫是今年逢閏月，東風吹到背時花。

山中口占三首

四野平田春水肥，前山隱隱帶殘暉。千林晚色無人共，時有樵翁獨自歸。

其　二

躑躅花開野色濃，和風和雨卧叢叢。城中只買零枝看，那似山頭滿樹紅。

其　三

飯罷呼僮旋煮茶，棊枰詩卷小生涯。從今厭踏紅塵路，多在山間少在家。

夜　坐　即　事

午夜空庭寂，心閑坐亦忘。竹間風動静，雲裏月行藏。驚鵲出幽樹，寒蛩語廢廊。甌茶聊當酒，清氣入詩腸。

題墨梅竹

洗盡丹青料,清高絶點埃。數竿無韻竹,一樹不香梅。與可今已矣,補之安在哉? 千年好風致,喚上筆頭來。

聽　　雨

聽盡燈前細雨聲,聲聲總是別離情。何時斷得閑煩惱,一任芭蕉滴到明?

夜坐與伯氏葦航對床閲江湖詩,偶成一首

對床因話弟兄情,話到山林世念輕。几上江湖詩一卷,窗前燈火夜三更。茶經未展神先爽,香片纔燒味較清。吟罷忽聞譙角動,石橋霜曉有人行。

薄　　暮

薄暮抱幽獨,無言倚小樓。日沉千樹晚,風起一天秋。警枕團新夢,寒衣帶舊愁。祇因吟太苦,餘病未全瘳。

山　　行

石磴手難攀,林深去復還。人行啼鳥外,僧住白雲間。野興平秋水,吟魂繞暮山。馬頭風作惡,潘鬢任闌珊。

月夜聽琴效漁父辭

風入古松成節奏,泉奔幽磴響琮琤,琴中彈意不彈聲。猛拂朱絃燈焰落,細敲玉版夢魂清,啼鳥枝上月三更。

寒中偶題

酒對紅爐煖,香凝繡被温。老天有私意,寒不到朱門。

枕上得句寄潛君升

無奈篷窗雪打聲,夢魂纔穩又還驚。枕衾如許猶嫌冷,多少閻閭睡不成。

留宿陳氏書齋

因訪吟朋到竹居,春寒策策動窗虛。幾番好雨偏留客,一盞青燈共讀書。徐孺舊曾親下榻,陳遵見説好投車。與君静夜評心事,萬斛閑愁盡掃除。

游白石山觀音寺

緑陰深處石橋横,纔入山門意便清。林下一僧無箇事,時來倚樹聽泉聲。

與生上人

久住深山裏,相忘物外形。逢人出好語,入定掩殘經。古字碑成軸,名詩榜作屏。欲知祖師意,柏樹在中庭。生公以右軍帖軸之几間,復以李涉《游鶴林寺》詩爲屏,故云。

雨中

愁坐黄昏掩客扉,風翻霜葉滿庭飛。孤燈挑到寒更盡,猶有行人帶雨歸。

讀岳鄂王行實

飛鵠來何意?英雄此日生。山河張膽氣,宇宙載風聲。一片堂中紙,千年身後名。至今墳上木,猶作不平鳴。

和林梅臞西淙瀑布圖韻

瀑駛驚風雨,危懸峭壁前。臨流清客耳,入夜攪幽眠。旁是龍爲廟,高疑山有仙。一塵飛不到,長似九秋天。

喜郭希范自上庠歸

馬蹄明日是君家,千里歸來傍節華。幾夜深閨寒寂寂,有人和淚卜燈花。

用伯氏韻柬梅臞

榾柮爐前坐夜深,寒侵窗户月西沉。冥搜天地無窮趣,寫盡江湖一片心。霜葉落邊添客思,梅花瘦處動高吟。訪君欲問推敲訣,擬把清樽共細斟。

柬竹院孚老

别來旬日許,又過一分春。因感塵中事,空慚物外人。吟清便境静,語苦見情真。近況知何似?篇詩得細詢。

送梅臞還三山

十年湖海上,此日值梅兄。一見纔傾蓋,相逢又問程。新編聯畫卷,清話入詩評。從此雲山别,因風時寄聲。

題雪舟、雲心二友吟卷

君詩何所似?絶似晚唐詩。寫出春雲狀,融成白雪詞。百篇多態度,二妙一襟期。與我爲三友,他年題品誰。時二公約刊《三友集》。

清明

杯酒濃澆壠上春,東風吹起紙灰塵。可堪腸斷中原路,草掩荒丘不見人。

寄黄雲心

竹屋少行跡,閉門春晝長。天時半晴濕,人意共炎凉。苔蘚侵堦緑,荼蘼壓架香。冥搜尋杖屨,不爲看花忙。

采　桑　女

葉滿筐箱花滿簪,低頭微笑出桑陰。後來若有秋胡子,説與黄金必動心。

過 永 春 縣

距城纔百里,世路便難平。碣石唐人墓,桃源晉地名。危譙依嶽勢,荒市帶溪聲。往日罹兵火,頹垣蔓草生。

圩　田

圩田依澗水,入夏未栽禾。不是春耕晚,山中寒氣多。

閨中詞二首

寫就相思字,燈前帶淚看。欲緘還未忍,少待淚痕乾。

其　二

聽盡芭蕉雨,愁人夜不眠。憑誰將此意,爲妾到郎邊?

早　發

早發六七里,前涂曙未分。漁舟依岸立,水碓隔溪聞。獨樹支殘月,空山半白雲。清晨那可駐,日出又如焚。

無　題

露重濕征衣,風急翻紗帽。山下灌園人,倚鋤看馬過。

過　界　首

幾重嶺隔幾重灣,路入濛濛煙雨間。獨立溪橋重回首,前頭已是劍州山。

思　家

夜夢到山居,回頭千里餘。屢傳歸去信,不得寄來書。小逕應添笋,荒畦欠理蔬。客程頻得雨,田里事何如?

漁梁嶺禹廟

古今陳迹幾興亡,閩嶺何因祀夏王?莫是當年平水日,曾驅魚鱉渡漁梁。

陵　上釣臺後。

身爲功名役,因思隱者賢。只行山後路,羞過釣臺前。

西湖會上和趙靖軒韻

不着人間半點愁,每於勝處一憑樓。吟邊只欠林和靖,坐上追思馬少游。暈臉芙蕖酣薄暮,低眉楊柳拂新秋。酒闌拍掌狂歌舞,自是忘機可狎鷗。

秋　　意

梧葉飄殘客夢驚,擁衾危坐到天明。片心除是眉頭識,萬感都從念脚生。江上鱸肥銷旅況,樓前雁過帶邊聲。挑燈無語閑商略,謀國謀家底計成。

還趙靖軒吟卷

借得君詩在案頭,篝燈夜夜看銀鈎。苦吟暗數秋更盡,何處笛聲人倚樓?

重　　陽

漫浪江湖已十霜,一秋强半又重陽。可憐白日渾閑度,偶對黄花覺自傷。客舍題詩書感遇,市樓沽酒慰凄涼。登高不爲酬心賞,直欲憑欄望故鄉。

夜來聞曾性之、丘君就二友隔樓吟聲不絶,以詩柬之

月下歸來深閉門,衾寒時倩博山温。隔樓忽聽吟聲苦,引得清愁入夢魂。

問性之病

莫向推敲苦用心,聞君病裹亦沉吟。書燈挑盡無人共,藥鼎煎殘到夜深。

霜後菊花方寂寂，臈前梅事又騣騣。相看咫尺如千里，幾度逢人問信音。

過千頃寺訪谷隱老

別久交情淡，重來似舊時。人生雲聚散，世事月盈虧。茶具權行酒，禪牀借看詩。漫天多雪意，預約探梅期。

性之尋梅歸來有詩，因感一絶

處士廬前門逕深，僅留佳句與人吟。孤山近日無行路，疏影暗香何處尋？

枕上偶成

客樓蕭索抱愁眠，雁過聲聲到枕邊。念脚動如魚撥刺，吟身寒似鷺聯拳。匣中幸有劉琨劍，囊裹猶餘杜老錢。忽憶西山山下路，夜深霜露滴松阡。

夾河中有矮道人，自住小舟，持呪爲生，人莫不異之者

道人神貌古，雙鬢欲垂肩。坐席容三尺，浮家住一船。養生憑佛果，持鉢信人緣。早泊橋梁下，蓬頭起白煙。

寄嬾庵

天寒日短道路長，白雲飛處知吾鄉。大江之東渭之北，念我故人何可忘。別來楊柳春依依，只今開到梅花香。扁舟漫浪歸未得，京塵海裹安行藏。身名未立仰天笑，牀頭夜夜鳴干將音鏘。羡師物外無寵辱，庭前柏樹常蒼蒼。吁嗟念羽飛不到，二千里外空相望。五雲前墜滿室光，報師之意無以將。篇詩濃墨纔淋浪，一聲雁過天南翔。

偶得

挑燈伴寒夜，兀坐竹爐邊。赤脚知吟苦，時將山茗煎。

和性之見寄韻

窗燭銷殘轉寂寥,柴門無復野僧敲。偶來枕上吟詩就,記向心頭欠筆抄。嗚竹數聲疑雪片,尋梅清夢到山坳。世情雲雨多翻覆,誰是江湖耐久交?

游　山　中

世途平處起波瀾,輸與高僧占好山。竹塵直爲揮俗具,槿籬虚設掩塵關。林泉有分酬清供,瓶錫無人伴此閑。擺脱名韁須早計,半生猶得住雲間。

寒　夜　作

生計尚茫茫,微吟思故鄉。羈愁消不盡,寒夜未爲長。門掩梅花月,禽翻竹葉霜。挑燈裁錦字,明發有歸航。

讀　秦　紀

萬雉雲邊萬馬屯,築來直欲障胡塵。誰知斬木爲干者,只是長城裏面人。

雪

凝雲商作雪,頃刻滿天涯。片片疏還密,霏霏整復斜。映窗疑月影,着地似楊花。四望渾同色,微茫認點鴉。

用馮深居韻,題莆陽章氏環翠樓

百尺危梯眇海寰,欄干十二盡青山。煙光濃淡藏多景,野水周遭匝四環。勝地只宜騷客在,老天未放主人閑。憑誰説與九仙道,方丈移來在此間。

書懷呈曾性之

覽鏡嘆頭顱,梅花一樣臞。病因吟後有,愁到醉邊無。心事歸梁燕,年華過隙駒。世途難着脚,况復是江湖。

和伯氏春雨中韻二首

癡寒脉脉壓晴莎,春漸三分景未和。待得濃陰收拾後,花邊春色已無多。

其　二

兩堤楊柳拂新亭,怪底遊人懶踏青。手撚梨花成小立,半窗湖水雨冥冥。

寄梅臞

别去忽經旬,春風閲二分。幾番吟對雨,獨自暗思君。客裏加頻病,愁邊駭近聞。倚欄商不得,心目亂於雲。

和伯氏包山觀桃花韻

因訪桃花到嶺根,御林春色此平分。千株未數栽唐觀,一幅猶堪畫晉源。仙在雲間無處覓,人行風外有香聞。笙簫隱隱宫城隔,立盡黄昏更斷魂。

校點後記

《葦航漫遊稿》四卷，宋胡仲弓著。《竹莊小稿》一卷，宋胡仲參著。

胡仲弓，生卒年不詳，字希聖，號葦航，福建清源人。仲弓生平不見於史乘，零星記載見於《葦航漫遊稿》。《葦航漫遊稿》卷一《感古》有“讀書三十年，僅可變形質”，可知其博學多識。卷二有《戊午天基節口號》詩，“戊午天基節”爲理宗紹定元年（一二二八）生日，仲弓賦詩感懷，期望“堪陪玉筍班”。卷二《一第》有“六年收一第，不特爲榮身……衣冠新進士，湖海舊詩人”之句，知其兩次參加春闈，第二次中進士。《夜夢蒙仲書監作二象笏，與余各分其一，覺而有賦》有“顧余初筮令，寒餓日趨迫”之句，推知其曾任知縣。由於他爲人耿介，爲官有守，“直語顯官嗔，上書明主棄”（《明朝是歲除》），不久以“直道黜”，“親至禄已奪”（《老母適至，時已見黜》詩），生活陷入困窘。卷二有《將之官越上，留別諸友》，從詩題及詩中提及“蘭亭”、“鑑湖”等來看，應是又赴紹興爲官。據蒲壽宬《心泉學詩稿》卷四《寄胡葦航料院》，他還曾任料院官。

後棄官，以詩遊於士大夫之間，在錢塘寓居較久。生前與陳起（號芸居）、林可山（林和靖七世孫）、仇遠（號山村）、郭吉甫、吕中（字時可）、蒲壽宬、戴复古（號西屏）、林範（號立齋）、劉克莊（號後村）、趙汝騰（號庸齋）、馮深居等文人士大夫，以及僧道名流多有詩文唱酬，過從甚密。著有《葦航漫遊稿》。

《四庫全書》本《葦航漫遊稿》，共四卷，卷一録詩五十七首，其中五言古詩四十二首、七言古詩十五首；卷二録五言律詩一百六十九首；卷三録七言律詩八十首；卷四録絶句二百首，其中五言絶句二十一首，七言絶句一百七十九首。内容涉及詠物、寫景、抒懷、交遊等方面。仲弓詩名不甚著，四庫館臣認爲“不出山林枯槁之調”，特别是七言律詩《旱湖》一首，“尤宋季遊士矯語高蹈之陋習”。

仲弓詩似未單獨編輯刊行，原有鈔本，已佚。宋陳起《江湖後集》卷一二收其詩一百六十餘首，明《永樂大典》所載仲弓詩與其多有出入。清四庫館臣據此兩書編爲《葦航漫遊稿》四卷，遂爲通行本。

胡仲參，生卒年不詳，字希道，仲弓兄。《竹莊小稿·入京第一程》有"六載館杭州，重來訪舊遊"之句，知其曾在杭州擔任館師長達六年之久。曾參加春闈，但未考中，《試後書懷》有"踏徧天涯路，春三秋又三。文章與時背，言語對人慚"之句，寫其落寞之情。後寄情山水以自娱，"多在山間少在家"（《山中口占》之三）。生前與其弟仲弓、曾性之、丘君就、林梅臞、趙靖軒、馮深居等文人士大夫，以及嬾庵、孚上人、生上人、谷隱、矮道人等僧道，多有詩文唱和。著有《竹莊小稿》。

《竹莊小稿》不分卷，録詩共七十五首，内容涉及紀遊、寫景、抒情、送行、紀事、唱和等。有《汲古閣景宋鈔南宋群賢六十家小集》本（以下簡稱"汲古閣本"）。

此次點校，《葦航漫遊稿》以《四庫全書》本爲底本，《竹莊小稿》以汲古閣本爲底本。原位於卷首的《葦航漫遊稿提要》，今移到書後作爲附録。

編　者

二〇一九年三月

圖書在版編目(CIP)數據

分門瑣碎録／(宋) 温革著;林瑞峰點校.二薇亭集／(宋) 徐璣著;黄河點校.葦航漫遊稿／(宋) 胡仲弓著;閻海文點校.竹莊小稿／(宋) 胡仲參著;閻海文點校.—北京: 商務印書館,2020

(泉州文庫)

ISBN 978－7－100－18148－8

Ⅰ.①分… ②二… ③葦… ④竹… Ⅱ.①温… ②徐… ③胡… ④胡… ⑤林… ⑥黄… ⑦閻… Ⅲ.①隨筆—作品集—中國—宋代 ②宋詩—詩集 Ⅳ.①I214.411

中國版本圖書館 CIP 數據核字(2020)第 034330 號

權利保留,侵權必究。

責任編輯　陳明曉

特約審讀　李夢生

分門瑣碎録　二薇亭集　葦航漫遊稿　竹莊小稿

(宋)温　革　(宋)徐　璣　(宋)胡仲弓　(宋)胡仲參　著

商　務　印　書　館　出　版

(北京王府井大街36號　郵政編碼100710)

商　務　印　書　館　發　行

山東鴻君傑文化發展有限公司印刷

ISBN 978－7－100－18148－8

2020年4月第1版　　開本 705×960　1/16

2020年4月第1次印刷　　印張 11.75　插頁 2

定價:60.00元